金鹤文集

朱金鹤 著

四川文艺出版社

图书在版编目（CIP）数据

金鹤文集 / 朱金鹤著. — 成都：四川文艺出版社，
2016.2（2021.10重印）

ISBN 978-7-5411-3935-2

Ⅰ.①金… Ⅱ.①朱… Ⅲ.①中国文学—当代文
学—作品综合集 Ⅳ.①I217.2

中国版本图书馆CIP数据核字（2016）第016549号

JINHE WENJI

金鹤文集

朱金鹤　著

责任编辑　孙学良
封面设计　张翠娟
内文设计　史小燕
责任校对　王　冉

出版发行　四川文艺出版社（成都市槐树街2号）
网　　址　www.scwys.com
电　　话　028-86259285（发行部）　　028-86259303（编辑部）
传　　真　028-86259306

邮购地址　成都市槐树街2号四川文艺出版社邮购部　610031
排　　版　四川最近文化传播有限公司
印　　刷　三河市嵩川印刷有限公司
成品尺寸　147mm×210mm　1/32
印　　张　11.5　　　　　　　　　字　　数　230千
版　　次　2016年2月第一版　　　印　　次　2021年10月第二次印刷
书　　号　ISBN 978-7-5411-3935-2
定　　价　58.00元

CONTENTS
目录

散文卷

川中金鹤渑池来

1991年"五一"前夕,成都市委成都市人民政府授予朱金鹤"劳动模范"称号,并颁发"五一劳动奖章"。这一荣誉是对朱金鹤律师工作的肯定和褒奖。自进入律师行业以来,朱金鹤的心中便有了一柄"正义之剑",他不论当事人的身份高低,都真诚服务,按照理法维护他们的正当权益;也不管案件如何棘手难缠,都绝不退缩。为了心中这柄"正义之剑",他所付出的代价是马不停蹄,夜以继日;为了心中这柄"正义之剑",他为自己定下了规矩:本县城办案,一律回家吃饭,不管时间早晚……

朱金鹤在从事律师工作以来办理民事、刑事、经济、行政等各类案件共250多件。曾先后为36个国家机关和公民个人担任法律顾问,为当事人挽回或避免经济损失1800多万。但他坚决拒收感谢钱财,也从不支持当事人以"钱、物、关系"等手段获得官司的胜利。朱金鹤在律师岗位上以一个"共产党员完全彻底为人民服务"的精神严格要求自己,既为当事人挽回合法权益,也为社会安定做出了贡献,在民众中有较好的口碑。

正因此,他才能够成为劳动模范,获得"五一劳动奖章"。也同样因此,在1995年的全市律师大检查、大批评中,他又被成都市司法局、市律协评为"成都市优秀律师"。他所在的律师事务所(法律顾问处）也多次被市委市政府、县委县政府授予政法战线先进集体。

然而，朱金鹤作为律师却是半道出家。而他的故乡却在千里之外的河南渑池。1942年，可以说是中华民族历史上最困难的时期，朱金鹤在河南省西部渑池县千秋镇北八里张村出生，困苦的生活让朱金鹤从小养成了勤奋进取的品格。不到十岁就学会了田地里几乎所有的农活，到中学时、农业合作化后，在生产队挣工分，少年朱金鹤都算"全劳力"。

虽然岁月艰苦，但是新中国成立带给这个农村家庭翻天覆地的变化让小小的朱金鹤充满了干劲。他不光积极参与劳动，还非常热爱学习，对周围的一切都很感兴趣。因此在学校里，朱金鹤的考试成绩一直很好，初小乡试，考过两次，他都是第一；高小两年他也是连续优等生；县中三年，他仍然名列前茅；直到高中一年级新生榜里，他仍然是第一班的第一名。

优异的成绩得到了学校和当地有关部门的肯定。1958年，朱金鹤被县武装部、教育局、河南省交通厅保送到中国人民解放军十四航校（四川成都航空学校），从此来到了成都。毕业后朱金鹤留在学校，先从事机务工作，后转入政工。在机务工作中，朱金鹤严守规定和原则，敬业负责；转入政工后，更发挥了他在文学、音乐等多方面的才能。

在很多人眼中，进入航空系统工作是很理想的，朱金鹤也知道，无论是待遇还是工作环境都不错，但是在20世纪80年代，他还是毅然离开了航空系统，而走进了当时在国内还相对较新的律师行业。

这件事使许多人迷惑不解，不少领导和同事惋惜地说："别人调动，向着大城市、大机关，目的是大发展。老朱凭着他各方面的良好素质，完全应该向高处走，而他一心要当律师——到社会上流浪，真不知他是怎么想的。"放弃了他十分熟悉、十分热爱的航空事业，离开了他长期以来与中国民航发展荣辱与共这个"根"，面对诸多的陌生，他难免有些茫然。

然而朱金鹤看到了希望，他认为："我不仅属于过去，我还属于未来。"如人饮水，冷暖自知，在朱金鹤的心里，他始终有着一种对正义的追求。因此，在1984年司法部第一期开办"中华律师函授"时，他就最早报名，在其后的三年中，他在出色地完成了本职工作以外，几乎放弃了全部公休，投入了法律专业的艰苦学习之中。结合他亲眼看见社会风浪中的事实，他对中国民主与法制追求表现出一往情深。最后在严格的闭卷考试中，14门课程都取得了良好的成绩。

今天，在回忆往事时，朱金鹤深有感触地说："是荆棘王冠的召唤诱发了我正义的童心，使我忘记了头顶已经生出白发，义无反顾地走到了青年人的行列，同他们一起举起了这把社会的'正义之剑'。"

可以借用朱金鹤的战友陶俊仪为他作的一首诗来概括他的历程：

渑池金鹤上青天，不辱抗大新校园。
留校维修称砥柱，政宣文章胜少年。
改革大潮强法制，凛然仗剑立律坛。
但求公平无曲意，护卫民利不畏权。
案例编入高院榜，五一奖章佩胸前。

陶俊仪

仪天园柱年制址惠权榜前
俊青校砥少法律曲畏院胸
陶上新称胜强立元不高佩
鹤鹤火修章潮剑平判入章
金金抗维文大使公民编奖
朱池辱校堂革然求卫例一
渑不留政政凛但护集五

小说卷

朱金鹤重记1982年9月说过的话：

开始吧，唯一的方向：前进在创作之路。

2007.3.12

滴血的眼睛

1

有人说：全世界四十亿人，人和人的眼睛相似的不胜枚举，但完全相同的却找不到一例。我相信这句话。就拿飞行员冯宗汉和他爱人盛青来说吧，虽然两人的眼睛都生得又大又亮，但内涵却大不相同：一个犀利聪明，一个美丽多情。

聪明的慧眼选定漂亮的姑娘，美丽的眼睛照出英俊的小伙，理应如此。但这已是前话。如今已经起了点小小的变化：美丽多情好像变得妖冶放荡，犀利聪明似乎也变得多猜多疑。产生这种感觉大概并非一日，以致最近两者的关系闹到了相当紧张的程度。

前不久的一天晚上，冯宗汉他们的3305航班，因飞机机械故障推迟到第二天清晨起飞。乘客都被安置在机场招待所住下了，机组的成员也只好回家过夜。从面包车里下来，冯宗汉看了看表：三针正好重在十二点。途经医务所走廊前面时，一个四十多岁、风韵犹存的女人笑着主动向他打招呼：

"哟，冯机长呀，你不是长沙到上海的夜航班吗？"

"机械故障，延缓了。"冯宗汉答道。

"这可真是……冯机长，你快回去吧，你家今晚闹热得很！"

"哦？"

"跳双人舞呢！"

"谁？"

"大概'公主'和'王子'吧！"

那女人狡猾地笑了笑，扭着腰肢进值班室了，高跟鞋清脆的声响回荡在夜的走廊里。这女人叫华安娜，是个医生。去年搬来和冯宗汉同住一个单元，是三楼门对门的近邻。她丈夫是个油车司机，前年油库爆炸，在烈火中丧生了。有一个女儿，如今已经长大，在外地读书。华安娜孀居已达两年。悲哀过去，欢乐当然也就来临。丈夫虽好，但已时过境迁。最近，不知为什么，她对冯宗汉的一切都十分关心，经常准确无误地向他提供各种消息。而且从不失时机。

冯宗汉当然明白，她所说的"公主"是指自己的妻子——歌舞团的演员盛青。至于"王子"，他还不甚清楚。因为他本人不大爱看戏，尤其那光着大腿的芭蕾舞，他一看就浑身发麻。他好像听华安娜讲过，有一个方××在《天鹅湖》中扮演王子，和他爱人搭档。但，除了这一个还有没有别的男人呢？不是还有什么A、B角吗？……唉，为什么要表演那些赤肩裸腿的玩意儿呢？我们是社会主义国家呀！如果要说这就是为人民服务，那外国的夜总会、酒吧间不是做得更"完全彻底"些吗？他把在外国看到的那些女人和自己家里墙上盛青的剧照一比：何等相似啊！……天哪！一个堂堂中国民航的飞行员的妻子竟是个……盛青呀盛青，你成天在舞台上搂搂抱抱，难道还不满足？还要把"双人舞"搬到家里来跳！

一团怒火在他的心里燃烧着。

冯宗汉三步两脚跨进宿舍大楼，但意外的是一切都很正常：自己家里不仅没有音响，连亮光都没有。"也许不至于……"，上楼的时候他想。

"但愿平安无事！"他伸手轻轻地敲门。（根据他们的职业习惯，登机从不带钥匙，平时他总把钥匙放在华家。）

屋内没有动静。

"盛青！"他又敲了，门被敲得"啪啪"直响。

"谁呀？"室内亮起了淡绿色的灯光，随即灯又熄灭了。接着，是叽里咕噜的简短对话：

"你到那屋里去……"他只听清妻子讲了那么一句。

冯宗汉心鼓擂响，耳朵也轰鸣起来，第三次敲门，简直是在打。

"你别忙，我就来……"

又过了一会儿，房门才打开。穿着睡衣的盛青站在他面前：

"宗汉，你……？"

"感到意外，是吧？"

盛青的脸微微一沉，但又马上笑了：

"快进来吧，把门关上。"

"怎么，怕人看到？"

"……"

盛青把冯宗汉拉进卧室："你听我跟你说——"

冯宗汉看到床上的双人卧迹。

"我不需要听！"他径直去推隔间的客房门。

隔间的门推开了：客床帐幔低垂着（平时都是挂起的），床前出现了他平时穿的那双淡黄色拖鞋，而且摆成"T"字形；再看坐凳上，斜放着一条"航空牌"前开拉链牛仔裤。（这一系列发现都在一瞬间完成，目光之锐利不亚于他在三千米高空看见地上的汽车。）他正要去揭开帐幔，被盛青一把拦住：

"我们团里的小石——就是石露，她以前来玩过的。"

"什么'石路''铁路'，我要看看——"

"什么话！"盛青的嗓音提高了八度，"人家一个姑娘家……住在我们家，你……太丢人啦！"

盛青跑回卧室哭了起来。

冯宗汉一怔：难道……他后悔自己不该过于莽撞。于是退出来，把门带好，回到了卧室。

妻子的哭声牵动了他的心，他伸出大手心疼地抚摸着盛青正在抽动的身躯：

"亲爱的，别哭，有话慢慢说，好不？"

"你不让人说话嘛！呜……"妻子哭得更凶。

"好，是我不对！我这就向你认错。"冯宗汉掏出自己的手绢，盛青一把夺过，并把它狠狠地甩到地上，"你要不信，就坐在门口等到天明，看看是男是女——呜……"

"行啦，行啦！你千万不能再哭，要是眼睛哭得充了血，起码又是三天不能演出！"

盛青破涕为笑："还好意思说……"

"盛姐，你们在演什么戏呀？"

客房里石露清亮的女声给了冯宗汉最后一击，他舌头一伸，赶忙向盛青行了一个正规的举手礼。

盛青的小拳头在冯宗汉背上一阵乱捶。

第二天，冯宗汉早早起床走了，说是"执行航班任务"，实在是害怕见了石露出丑呀。

2

冯宗汉今年三十五岁，高高个子，一表人才。他1967年从北方农村入伍到福建当兵，1968年由陆军部队选飞录取，如今已度过了十四年的航空生涯。由于他勤奋好学，出色地完成了各项任务，所以年纪轻轻就当上了大型机副机长。也可能由于"金无足赤，人无完人"，冯宗汉直到二十九岁还没有对象。一天，有人偶然在他的本子里发现了一张"喜儿"的照片，于是大家说："有门儿，看来小冯已飞临吴家桥了（×市空中走廊入航点）！"

事有凑巧，那之后不久，市歌舞团到广州为交易会演出，刚好乘坐冯宗汉他们的班机。一切就绪，再有几分钟飞机就起动了，但客舱里吵吵嚷嚷说还有一名"要人"未到。过了一会儿，听到人们说"来了，来了"，冯宗汉趁关锁驾驶舱门的当儿，顺便望了一眼，只见一个身段苗条、相貌姣美的姑娘，轻盈地走进机台。她歉意地一笑,美丽的大眼好像对大家说:对不起,我迟到了。"啊!她就是'喜儿'……"冯宗汉想到自己的笔记本,不由得脸红了。

他慌乱地回到座位上,不大自然地向老机长点点头,示意准备完毕。老机长微笑着发布命令:"起动,点火!"……

谁知机长这是一句双关语。一到广州,这位五大三粗的五十岁的老机长竟亲自为冯宗汉当上了"红娘"。

"和歌舞皇后搞恋爱,这可不是简单的事,非要集体智慧不可!张子健,你是领航员,我把这任务交给你,冯宗汉要是迷了航,我要找你!"老机长话音刚一落,机组的同志们纷纷接上:

"通信联络,我保证准确及时!"

"下滑、着陆,每个动作我都提醒他!"

女服务员小陈也接上说:"招待细致、周到,请诸位放心!"

老机长大腿一拍:"好,这回就看我们小冯的'驾驶'技术了!"

立刻爆发出一阵欢笑。

"不过——我尚有一虑。"张子健说,"据我所知,冯副机长到目前为止,连八个样板戏都未看全,文艺资历太浅,这对他完成目前的任务……"

老机长眼睛一瞪:"那你是干什么的?不会帮他补补课!"

"遵命。"

一年过去了,新婚的凯歌终于在新盖的民航宿舍大楼里奏响。航行科娶来了"艺术家",人人喜气洋洋,好不快乐!

盛青十二岁考入舞蹈学校，十六岁又到音乐学院进修，十八岁被选入市歌舞团。因她才华横溢，不久就当上了主演。成名之后求婚者纷至沓来：有军官、干部、工人，也有她的同行。但为了"事业"，她都回绝了。到了二十五岁，她长期的艺伴方国良又向她提出要建立进一层关系的要求。盛青感到和方国良的"恋爱"，尚属艺术生活的范围，并不是她个人感情的需要，况且她素来不愿以"艺术"来代替现实生活，考虑再三还是谢绝了。就在这个时候，生活的浪花把冯宗汉推到了她的身边。

盛青在为数不少的人选中之所以挑中了冯宗汉，既不是因为飞行员神气，也不是小伙子标致，主要是因为他的真诚。结婚几年来的实践证明，冯宗汉在这方面是无可挑剔的。无论在家休息，还是出门在外，尤其是出国十个月的学习期间，十里洋场的花花草草，他从不沾边。盛青为了"工作"的需要，提出在三十五岁前不要孩子，冯宗汉嘿嘿一笑，同意了。冯宗汉在单位吃饭，但当他休息时，只要时间允许，他总要亲手为盛青做菜。有时盛青实在吃不下，哪怕只尝一口，冯宗汉都心满意足。料理家务时，他常把盛青按住坐下，而自己却干得欢天喜地。次数多了，盛青实在过意不去，就对他说："大家的事，我怎么能老不动手呢？"冯宗汉笑着说："手？我就是你的手，咱俩是一个人呀！"

但是，盛青并不幸福。这并非贬低这位"模范丈夫"，这是盛青的真实感受。首先，她自责自己不是一个好妻子。她常常演出在外，即使在家也往往是早起晚睡。为了保持体形美，就是新婚的日子她都照常起来练功。常常为了几句台词、一个舞步、一个眼神或几个音符而牺牲掉花前月下的时光，何况她丈夫的闲暇时间非常有限。相反，为了表演得"真实"，她不得不和别人一遍又一遍地"谈情说爱"！即使是一个豁达开朗的男人，遇到这种情况，也难以平心静气，更不要说冯宗汉。尽管他是一个"现代化"的爱人，因为他没有爱她之所爱的思想基础，他对她的爱就不可避免地带着自私的色彩。如果说婚前和婚后的一段时间，对某种现象他还可以容忍的话，那么天长日久，当他听到别人对自己的妻子的倾慕言论，看到别人对自己妻子某些殷勤的举动，以及妻子对别的男人的热情、信任，乃至妻子在某种场合下美貌的外露和媚态……就构成了一幅幅使他烦恼的图画。

盛青呢，自然是丈夫的这种烦恼的承受者。

指着《天鹅湖》的剧照，他对她说："你的腰那么软，是'王子'帮你'按'出来的吧？"

最近排演《茶花女》，他又对她说："不先到外国实习一下，能演得像妓女么？"

这些以半开玩笑形式出现的话语，烦恼着盛青：当初自由自在、无所顾忌的日子已经过去了。她必须时时想起还有另外一双眼睛在注视着她。她感到非常不快。

那天晚上，团里的石露和方国良来家里玩，谈起《天鹅湖》，盛青和方国良当场为石露做了个示范。后来方国良走了，石露留了下来，想单独向盛青求教，因为在新排的《茶花女》中她俩都演女主角玛格丽特。切磋完了，时间已经很晚，盛青考虑到丈夫今晚是长沙到上海的航班，要明天才能回来，她就主动留住了小石并睡在一起。谁知在同事面前闹了那么一出丑剧，盛青感到自己的人格受到侮辱，心里对冯宗汉大为不满，一种"报复"的念头，油然而生。

3

《茶花女》彩排临近了。有天晚上排练结束之后，盛青的大眼忽然一闪，叫住了扮演阿尔茫的方国良：

"国良，那段台词我们是不是再练几遍？"

方国良向她指指手表，示意该回家了。

盛青嫣然一笑："边走边谈嘛。"

"好的，我送你。"

"不客气。"

他俩一起走出剧场。

平常，时间早，她就一个人回家，时间太晚，就约几个单身姑娘送她，很少和一个男子夜间同行。而今天这样，真大有图谋不轨之嫌！

出了剧场门口，石露对她挤挤眼睛，又撇了一下小嘴，告诉她这样做不妥。但盛青却漠然置之，索性挽起方国良的手臂，故意做出亲昵之态。

大街上，夜静人稀。路灯下那对比比画画情深意浓的人影长了又短，短了又长……行至民航宿舍大楼附近，有一个骑车的中年妇女从他们身边擦过。

那妇女匆匆进了大门，车子还没有放稳，就气喘吁吁地直奔三楼住所。

"冯机长，你看——"华安娜话音未落，就看到了正在阳台上眺望的冯宗汉。

"他们招手再见了，那男的转身走了……啊，多舍不得哟……"

"我又不瞎，你少啰唆！"

冯宗汉进屋"砰"的一声关上了门。

听到楼下传来脚步声，华安娜急忙闪进了自己的家。"小娘子进门了，看郎官儿的好戏吧！"华安娜把耳朵贴在门上，高兴地对自己说。

"看到了吧，今天可真是的……"隐隐地传来盛青的笑声。但往下什么声音也没有了，一直等了很久，很久……这并非华安娜耳朵出了什么毛病，而真正是当夜无话。

早上，冯宗汉简单地收拾着行李。

"盛青，科里安排我到北京总局参加一个会，大概得五天。"他看了看表，"七点的班机，时间不早，你就不必送了。再见，祝你演出成功！"

"宗汉，我们明天公演《茶花女》，我真想让你看了再走……"

盛青明亮、洁净的眼睛湿润了，她偎依在丈夫的胸前，看来她还想说什么，但还没有说出口，就被丈夫冰冷的面颊贴上了。

冯宗汉轻轻吻了一下妻子，嘴角带着咸味离去了。

当晚十一时，有位"客人"来找华安娜，看到华家门窗紧闭，这才想起她曾说过"明晚我值夜班"的话。正要离去，忽然听见对门一阵趣味正浓的小声对话，不知是那位"客人"的好奇，还是出于一种特殊心理，他把其中的两句铭记在心，就往医务所奔去。

"安娜，安娜，刚才真有意思……"

"啊！她丈夫刚一走，就……"华安娜唯恐她的朋友不明，又补充道，"她丈夫今天到北京去了，五天才能回来……多好耍！"

"真不像话！我早说过，找这种女人（演员）做老婆，危险！"

那位朋友爱憎分明地向她高谈阔论。

"哎——你等等——"此时，华安娜突然发现冯宗汉正要回家，高喊着跑了。

原来冯宗汉没有去开什么会，是有意编了个谎话，实际准备对妻子的行为做一番暗中考查。

华安娜追上了冯宗汉，如此这般地做了描绘。冯宗汉想："她这人总爱添油加醋，是不是事实呢？别像上次……"

"绝对不会错，不信我们回去看——"

冯宗汉前边走，华安娜也跟了去。

顷刻间，冯宗汉站立在家门外。

"是什么支配您对我的忠实？"室内盛青情意缠绵地说。

"我对你抑制不住的同情。"这是那个方国良的声音。

"这么说，您爱上我了？请干脆说吧，这样痛快些。"

"我承认对你的爱，但不是今天！"

"最好是将来，最好这句话您将来什么时候也别跟我说。"

"为什么？"

"因为那样一来，会出现两种结果——"

冯宗汉心似火烧，热血奔涌，他忍无可忍，迅速把钥匙（这回他带着）插进去，猛地打开了门。

只穿着内衣的盛青，慌忙从床上下来，惊恐地望着突然进来的冯宗汉。冯宗汉脸色铁青，一手抓住妻子的胸衣，一手高高举起——但那只高扬的手停住了，只用左手使劲地一推，盛青一个趔趄，倒在落地灯上，落地灯泡触墙爆炸，盛青惨叫了一声，屋内一片黑暗。

"怎么回事？"华安娜急忙打开吊灯，她一看，"啊！"不由得大惊失色：

"别打啦——"她往床头柜上一指："录、录音机！"

录音机仍在继续着《茶花女》的对白：

"……要么我拒绝你，你就会恼怒若狂……"

盛青的手紧捂住双眼，在地上痛苦地翻滚。

冯宗汉"傻"了！

华安娜赶紧抱起盛青："快打电话叫救护车，马上入院！快！"

冯宗汉看到鲜血顺着盛青的指缝流出，他大声痛哭道：

"眼睛，我爱人的眼睛啊……"

风

晨雾散去，机场袒露出它广阔平坦的胸怀。啊，柔软的春风、和煦的阳光；飞机、跑道、候机厅、办公楼……一切是那样清新优美！然而在机场建筑群中最美的莫过于那挺拔于群雄之上的乳白色指挥调度楼了。

在该楼高高的顶端，除了业务台、指挥台各种纵横交错的指挥系统天线之外，还有一个气象台的风向风速测定仪。小小的测风仪，风轮转动，标箭所指……它像一位忠实的哨兵，不知疲倦不知辛劳地日夜监视着风云变幻的万千世界。

丁零零……，气象员冯永顺拿起了电话，听筒里传来调度室的问话：

"老冯头，今天这气象资料上怎么无'风'呢？喂，是'无风'吗？"

"哎呀——"冯永顺拍打了一下自己明光净亮的脑门儿，自责地说，"对不起，我给搞忘了！好，请你稍等一会儿——"

冯永顺马上按动桌上的测风仪电传按钮，大声报读："风速——2米／秒；风向——风向——咦？！"

他放下电话，向隔壁宿舍大声喊道："小吴，小吴——"

"什么事，冯师傅？"

"测风仪电传可能出了毛病，你快上去看看风向，调度室他们等着要呢，快点！"

吴小朋迅速由甬道爬梯向上，顷刻间，测风仪的箭标出现在他的面前。

"什么风向？"脚下的窗口传来冯永顺大声的询问。

"……西风，不，西南风，南风！"

"到底什么风？"

吴小朋全神贯注，但箭标却像一只调皮的蝌蚪，在不停地摆动。师傅逼得很紧，而且话语明显带着愠怒，他只好答道：

"南……南风；不，东风，东南风，东东……"

"窝囊废！你做了两年学徒工，连个风向都看不清！"

"我看得非常清楚，是它摇摆不定呀！"

"下来！"师傅发火了。

冯永顺亲自朝楼顶爬去。他一边爬，一边叨念着："早南晚北午转东，往往夜间刮西风；这一大早哪里会……"可是他上去一看，风标当真在摆动，而且趋势明显是东风！咦，怪，今儿竟是东风！

"嘿嘿……"冯永顺向吴小朋笑笑。

吴小朋知道这是在向自己道歉。师傅道歉了，徒弟还能说什么呢！可是，他不明白，师傅的晨报为什么会忘记看风，"风"在他们的现实生活中是何等重要啊！

原来，冯永顺有个癖好——酷爱收集年历。照冯永顺看，取决年历优劣的当然不是那上面的年月日、星期几；因为那些字叫谁写还不都差不多，重要的是看上面的人像！所以准确地讲应是女人像年历。尽管他眼看年已半百，顶发由稀变少，由少变光；可他这个趣好始终未减。每年年底年初的这段时间，冯永顺总是到处忙着收集年历。

早饭后，冯永顺向徒弟吴小朋交代："一会儿你把风向仪的电传部分检修一下，我有点事去去就来。"

吴小朋看到师傅把新的自行车推了出来，接着又是刮脸又是换衣服，便憋不住问："冯师傅，你这是干什么去呀？"

"先不给你说，待会儿叫你大吃一惊。"

"真的？"

"当然。"师傅狡狯地一笑，更显得神秘莫测。

新的"嘉陵"欢叫着，师傅精神抖擞地飞奔而去，阳光下，那火红的车身闪着耀眼的光点。是什么事呢？吴小朋忽然想起师傅昨天说过的一句话："去年托领导的那件事就要如愿了。"他恍然大悟：哈，我猜着了，一定是为着年历画！他是心想着年历画才把资料上的"风"给漏掉的。

说起年历画，吴小朋不会忘记，两年前他作为徒弟第一次搬来和冯永顺同住一室时，如何被师傅房里那琳琅满目的各式美女照臊得满脸通红。那天临睡时，吴小朋怯怯地说："师傅，这么多美人望着我，这——女人的眼睛……叫人怪难为情的。"

"哎，你不懂！"冯永顺略一思忖，"你常看小说吗？"

"有时也看一点。"

"你看过《女人的眼睛》的故事吗？"

"《女人的眼睛》？没有。"

"那好，我来给你讲讲：前些时候有位名作家曾写过一篇叫《飘来的生命》的小说，发表在一个大型刊物上（瞧，都以专题上书啦！），说'文革'时期有位年轻的画家身陷囹圄，他又气又悲，几乎绝望了。可是，有一天一片破旧画报的一角随风飘入牢狱，碰巧那一角正是一个样板戏的女英雄的眼睛，正是这双女人的眼睛，使这位年轻画家看到了世界上还存在着真、善、美，他增添了在黑暗中生活下去的勇气。粉碎'四人帮'后，那位画家根据自己的感受画了一幅名叫《眼睛》的画，后来这幅画还获了奖呢！"

"啊，这真是（不知是指女人的眼睛，还是那离奇的故事）太动人了！"吴小朋感叹道。从此，他也跟着冯永顺一起爱上了女人像年历。

中午，冯永顺喜气洋洋地回来了。吴小朋没有猜错，师傅手里果真拿着一大卷年历画。吴小朋一把抢过来展开——第一张：邓小姐；第二张：赵小姐……

"嘿，真够漂亮的！"

"开开眼吧。台湾的著名美人，人家这才真时髦呢！"

"哎，师傅，这邓——不是听说是台湾的黄色歌星吗？为什么这年历上……"

"因为她美呀！老弟，别怕，现在不是从前了，不管什么颜色，只要好看就行！"

"这从哪里弄来的？花了多少钱？"

"站长的人情，两套总共才五元。"

"这可是俏货呀！去年我看到不少当官儿的都用它做礼品互相赠送呢！"

"小吴，你不知道，年前我向站长要过，可他一直不松口，昨天我又去，不知怎么他忽然开恩了，一下答应给两套，每套六张，还不重样儿！"冯永顺得意非凡。

"这——你可要好好谢谢站长喽！"小吴特意提醒师傅。

"当然。"

是的，如果不是站长，冯永顺的这个爱好恐怕难以坚持到今天。那是三年前，一天冯永顺到站长家里玩，发现到处张贴着女人像年历。各式各样都有，简直就像举办家庭美展，冯永顺当时惊愕不已。因为他自己以前曾因爱弄美人像而挨过批判，所以忧心忡忡地问："站长，这女人像……不再是低级趣味，不健康情绪了么？"

"那是什么时候，现在是什么年代，'解放'你懂吗？爱美和享受美这是每个人应当享受的正当权利，不会再有人来横加干涉！其实过去那些最爱教训别人的人，他们自己又怎么样？不也一样！"

多么大胆的解释，多么直率的说明！

以后，冯永顺再也没有什么顾虑；他认真大胆地研究起美人像来。是呀，世界上不能没有女人，现代生活就更离不开美人！要不文艺工作者、表演艺术家、画家、雕塑家、摄影师为什么要创作那么多苗条的女人像呢！

"师傅，把她们排在哪儿？"吴小朋提出一个冯永顺还没想到的新问题，因为屋子里各式美女像差不多排满了。

"那……"冯永顺犹豫不定，他感到都挺可爱，真不知该取下谁。经过一番精心地观察和思考之后，他终于做出了最后的裁决："还是让古典美人让位！"

吴小朋望着古典美人的眼睛，心里有些恋恋不舍，但最后还是勉强同意了："那好吧。"

美人让位，这不是头次。听师傅说：早先是"革命美人"，那时不仅墙上，就手帕、水杯上到处都站着白毛女、吴琼花。打倒"四人帮"后，披发露肩的"解放美人"上市，革命美人销声匿迹。后来古典美人又风靡一时，解放美人只好让位。如今古典美人又要失宠，唉！

下午，冯永顺很早就下班进城了。他高兴地带着从站长那儿弄来的另外一套港式现代美人年历，油门加到了最大，想快点让家人和邻居一饱眼福。

不出所料，邓小姐的风姿果然在亲友中引起轩然大波："闻其声而观其人，这才是两全其美呀！"当晚，邓小姐的崇拜者们陶醉在"好花不常开，好景不常在"的同时，也对冯永顺夸奖了一番。

第二天清晨，冯永顺载誉而归。可是，当他走进宿舍一看，不禁大吃一惊："咦，怪！怎么墙上一片空白？……

冯永顺心中升腾起一股从未有过的激怒，一把揪起床上的吴小朋，"快说，这是怎么搞的？"冯永顺指着白墙厉声地问。

“你问他们。”吴小朋回答。

“谁？”

“站领导呗！为了开展‘精神文明月’活动，昨晚在全体职工大会上，站长亲自向大家宣读了《文明公约》。其中第二条第三款规定：室里一律不许贴挂女人像，违者罚款，还要处分！所以我……”

“啊！……怪不得站长……”

丁零零，隔壁工作室的电话响了，冯永顺呆坐在那里，仿佛根本没有听到，吴小朋只好去接电话。

“他们催气象资料了！哎，师傅，今天你可别又忘记‘风’啊！”

“知道！”冯永顺把帽子往床上一甩，怒冲冲地向工作室走去。

1982.5

来自C城的自白

前不久，C城发生了一件耸人听闻的事件。一位知情的朋友刚从C城来，我就迫不及待地跑去敲开了他的房门。

见了我，他含笑不语，从抽屉中取出一份卷宗，抛在我的面前，然后说："你是记者。看吧，来自C城的自白。"

我坐在他房里，一口气读完了有关这一事件人物的自白，不胜感慨唏嘘！现征得朋友同意，将它公之于世，并将原卷人物介绍如下：

姜　　妮——民航女乘务员，23岁

陆仲元——空气动力学家，52岁

尤迪安——女医生，41岁

范梦亦——艺术剧院副院长，52岁

韩　　丽——女演员，29岁

杨　　达——飞行员，29岁

吴克非——刑警队队长，40岁

1.姜妮

6月15日，我结束了一天的航班任务，回到机场的寓所，已是薄暮时分了。由于那天的气流不好，飞机颠簸得厉害，疲劳使我几乎无力去启动房间里的电灯开关。我把手提包往床上一丢，脱去了皮鞋，在长沙发上闭上双眼，大概度过了十分钟最令人惬意的时刻，然后才起身到洗澡间去。

由于忘记了关门，半个小时之后，等我穿着红条棉毛浴衣，擦着湿漉漉的头发从洗澡间出来，重新走进我的起居室兼卧室的时候，蓦地看到我的沙发上端坐着一个陌生的男子。"啊！"我不禁毛发倒竖，深吸了一口冷气。

"你是什么人？"我稍稍镇定一下，严厉地问。

那个身影模糊的男子微欠着身子，似乎很抱歉地回答道："过往烟云——一个微不足道的老朽。哦，很对不起……我不该不经您的允许……不过，请您原谅。"

"我不能原谅，请你出去！"

我"啪"地打开了灯，怒不可遏地要求这位不速之客马上滚蛋。

令人吃惊的是，这个私自闯进我内室的人，不是我所想象的流氓、强盗、歹徒的任何一种，在灯光照耀下，却是一个脊背佝偻，一条腿往外扭曲着的年逾六十的老头！他头发稀疏（但并没有白），眼睑松弛，嘴角下垂，面部的皱纹既深又亮，但目光却炯炯有神。

要是一棵树，得把它砍倒才能看到它的年轮，然而人则不同，什么都一清二楚地留在他的脸上。按说，他这般年纪，已是做爷爷的人了，然而他……

听到我的命令之后，他拿起手杖颤巍巍地朝门口走去。深灰色的中山装的下摆，随着他蹒跚的步履左右晃动。

他要干什么？——如果他真是我所设想的那种人，那现在对他不是很合适的时机吗？人们都到礼堂看电影去了，整幢大楼空荡荡的，他完全可以趁我在洗澡间的时候拿走他想拿的任何东西；或是向我猛扑过来，一把卡住我的咽喉。他为什么坐在那儿不走也不动呢？难道……他是一个精神病患者？

想到这里，我对老人那特殊的怜悯之情油然而生。

"你等等！"

他转过身来，眼里放出亮光，非常激动地说："姑娘，你听我说——"但话音却中断了，他望着我。显然，在等待我的允许。

"你说吧！"

我把浴衣的带子系得更紧些，目不转睛地盯着他。

"你完全有理由认为我是一个坏人，可事实上我是一个好人！这一点请你完全放心。我知道我这么做很不礼貌，但这并非我的本意。我叫过门，我更希望女主人能出现在我的面前：但我没能如愿。我叫了两声，回答我的只是哗哗的流水声，我原准备等一段时间的；可是，就在这时我的心脏病突然发作，一阵剧烈的疼痛使我摔倒在你的门里。我想，如果就那么躺着，在朦胧的暮色中，等女主人看到，那——该是什么情景呢！于是我便马上从上衣口袋里摸出了药，急忙吞下。过了一会儿，我挣扎着爬起来，可室内很黑，又摸不到灯的开关，只好摸摸索索地走了进来，后来……"

听了他的这段叙述，我有些后悔自己刚才的粗暴，我顺手从饭桌下抽出一个小方凳放在他面前："对不起，您请坐！"但我仍不放心。我走过去和他调换了一下位置，站在门边，并把门大敞开，然后洗耳恭听。

"很抱歉。"他坐下之后，看我仍然站着，便有些过意不去地说，"那你——"

"我这样挺好！"我灵活地活动了一下双腿，示意他：如果胆敢有什么不合规矩的举动，我随时都可以去派出所喊民警，把他关起来。

"姑娘，你大概忘了，我们在一个星期之前就已经相识。那是在由首都飞往本市的2502次班机上，你说你叫姜妮。你的亲生父亲叫姜雄飞，是原志愿军空军战斗英雄，他在二十四年前的一次飞行事故中遇难……"

我回想起前不久，确实遇到过这么一个腿脚不好而拄拐杖的老年乘客。当我对他进行特殊照料时，发现他除了具有一般人常有的那种感激之情以外，好像对我还有别的一种什么感情。怎么说呢？仿佛一个老人多年之后，突然看到自己的儿女已经长大成人的那种欢欣、爱怜和慰藉。总之，他以他特有的真挚和慈祥打动了我。当时我们都非常高兴，便亲热地交谈起来。记得当我问到他叫什么名字时，他踌躇着很久不语，最后还是旁边一位戴眼镜的中年男子告诉我："他是作家纪飞，他翻译的苏联小说《是非请人们评说》获得去年某大学颁发的一等奖。"

"哦，老同志，我想起来了，你叫纪飞！不过，那时你可是西装革履啊！"我的话刚一出口，顿觉脸上热辣辣的。

"这也难怪，每天那么多乘客，南来北往，哪能都记得清。何况我现在布衣、布鞋，不像个样子。不过我感到平时这样挺方便的！"

他为我下了难堪的台阶之后又接着说：

"姜妮，从十二号起，我就开始找你，今天已是第四天了！"

"四天？"我吃了一惊。

"对，四天，每天早晚两趟，一共是八趟。"八趟！就他这么一双腿？我被感动了。那天在机场的候机室分别时，我是说过"有空请来玩啊，我的家就在机场宿舍楼"。可那是出于礼貌，信口说说而已，谁想到，今天他真的找上门来了。我便严肃地问道："老同志，你我素昧平生，仅在机上见过一面，你这样苦苦找我，有什么事吗？"

他暂时避开我的问话，"我坐汽车来，头三次由司机陪着，经过门岗的仔细盘查。后来不同了，我自己单独来，因为他们都认得我了。"

“对不起，我爱人到外地疗养去了，我下班大都是回城里我父母的家里去。”

“继父？”

我的脸马上沉了下来，我最讨厌别人提到我的继父。

“他是不是叫范梦亦？请原谅，我本不该提这个问题。”

“你？你——是怎么知道的？”我十分惊诧地问。

他的手微微颤抖着，期期艾艾地说：

“我……我是你父母的……朋友。”

“朋友！”我大吃一惊，“你等等，我去换件衣服来！”

我回到内室换好衣服，并特意为他摆上香烟、水果、糕点，还沏了茶。

“纪叔叔，您请在里面坐吧！”我不好意思地说。

“不用了。谢谢你！”

他执意不肯挪动地方，我只好把糖果端出来放到饭桌上。我寻思，他定是找妈妈的。于是我便主动地对他说：“我妈今晚值夜班，她在市立第一医院。请您稍候，我跟她挂个电话。”

“不，不用了。”

他的回答使我感到意外，我不解地望着他。

“唉！”他长长地叹了一口气。我的直觉：他的这声喟然长叹带着痛苦、愤懑，还带着迷惘和失望。

“孩子，我对不起你们呀，我……”他突然用拳头敲打着头，几乎难过得失声痛哭起来，我一下掉进五里雾中。

“有话慢慢说，别这样，好吗？”

他点点头，抑制住自己的激动，停了一会儿，他抬起头："小姜妮，你过来。"

望着他那张老泪纵横的脸，我怔住了，真不知怎么办才好。最后我还是温顺地走到了他的面前：他亲切地抚摸了一下我的柔发，然后把手轻轻放在我的肩头："孩子，来——"

他领我到了门外，这时我才发现地上还放着一只精致的红白两色手提箱，我赶紧提起了那口箱子，奇怪的是箱子非常轻，我把箱子提到屋内，放在桌上。

他打开箱子，我清楚地看到并无别物，只有一个方方正正的红绸包。接着他把箱子合上、关好，往我面前一推，郑重地说："姜妮，你尽可放心，这箱子里的红绸包一不是炸药，二不是毒品，它是一颗真诚的心，请你收下吧！你不必推辞，也不必受之有愧。它属于你是天经地义的！"

"你能告诉我这是为什么吗？"

"本来，我可以告诉你更多一些事情，我甚至还渴望见到你的母亲——可是，非常遗憾，我现在只能对你说：因为我当年欠下了你们母女一笔债！"

我惊讶地望着他："那——我怎么向我母亲说呢？"

"对任何人都不要提起此事。还有，我们的会面到此为止，今后你也不必打听我的下落。"

"这太苛刻了点，老实说，我不想认为这是最后一次见面，既然有了今天。"

"我要告辞了，很对不起！小姜妮，我祝你幸福！"

"请等等——"

可他不由分说，转身拿起拐杖，头也不回，踉踉跄跄地下楼去了。我毫无办法地傻愣着，笃、笃、笃……直到他的拐杖声消失，我才猛然想起：他不是说他是坐汽车来的吗，我何不向司机打听一下他的住址呢？

我急忙下楼，等我追到马路上，他已经上了早停在那儿的一辆上海牌轿车，"请等一等——"轿车不理会我的呼唤，吼叫了一声，喷出一股淡淡的白烟，亮起车灯，风驰电掣地开走了。

2.尤迪安

夜里十一时许，我在外科医生值班室里突然收到女儿的电话："妈妈，请你赶快来一趟，我要向你谈件重要的事情。"

"什么事，明天不行吗？"我睡眼惺忪地打了一个哈欠。

"不行呀，妈妈，这是件非常非常重要的事。"

听女儿的口气是那么急切，而且又一连用了两个"非常"，我不能等闲视之了，我提高了嗓音："妮子，你在哪儿跟我谈话呀？"

"正阳路'青春咖啡店'。"

"怎么，那儿？！"

"到医院的班车已经停了，我是搭便车来的，一会儿还要搭这辆车回去，明天一早还有我的航班呢！"

"到底什么事，你能先告诉我一声吗？"

"一两句话说不清，妈妈，你快来吧。"

"好的，我就来。"

简直是"火烧眉毛"，而且还那么神秘……这鬼丫头！我匆匆穿好衣服，向值班护士做了交代，就骑车沿着宽阔平坦的滨江大道向正阳路口奔去。

姜妮是我前夫——飞行员姜雄飞的遗腹女。雄飞离开我已二十四年了，可我觉得仿佛就在昨天。

那时，我国刚刚制造成功了一种新的、多用途轻型运输机，加之此新型飞机在本地区的飞行又是首次，所以试飞那天观看的人相当多，除了当地的空军指战员外，还请来了不少的专家、宾客。

记者和摄影师们的镜头，都一起对着湛蓝的天空。众目睽睽之下，我丈夫他们驾驶的1810号飞机舒展着刚健的翅膀，时而鹰击长空，时而雨燕低飞；当飞机以五十米的高度疾风般地从检阅台前掠过的时候，人们都情不自禁地为之高声喝彩！

当时，我也应邀坐在检阅台上。我的左边是宣传科科长范梦亦，前边是俄语翻译陆仲元，他们都是雄飞的好友。作为雄飞的亲人，我能坐在金灿灿的阳光下和大家一起分享这成功和胜利的喜悦，我感到无比的幸福。

飞行表演开始之前，当雄飞来到检阅台向首长行礼时，范梦亦打趣道："怎么，不向我们英雄的妻子行个告别礼就想走吗？"他这一声，立刻招来了众多的目光。我窘迫地喊道："老范——！""哈，你都写进了我的剧本了，还不好意思呀！"我向雄飞眨眨眼睛，他会意地微笑着，深情地看了我一眼，就转身登机了。我目送他那高大的身影进入机舱里，又透过座舱玻璃看着他戴上了飞行帽。不知怎的，我的心突突地跳着，竟莫名其妙地为他担心起来。飞机升空以后，我才渐渐放下心来。不过，在某种情况下，我仍禁不住为他捏了一把汗。1810号在场外以五十米的超低空飞行，飞机擦过房舍，越过电杆，在一片片葱郁的竹林里穿来穿去，时隐时现，我的心紧张得都要跳出来了。这哪里是什么"飞行"，简直是一场令人头晕目眩的杂技表演啊！

最精彩的科目开始了——做360度飘飞。"1810"先爬升到一千米以上的高度，然后突然收光了油门，刹那间，飞机像断了线的风筝，大坡度盘旋着急速地下降，八百米、五百米，俯冲下沉的速度越来越快，眼看距地面不到二百米了，"当啷"一声，检阅台前列就座的苏联航空顾问尤金上校一拳砸在桌子上，把茶缸盖都震翻了，他用俄语大声喊了一句什么，一旁的陆仲元马上向飞行指挥员翻译出尤金的话："快，拉杆，放襟翼！"指挥员立即通过无线电向"1810"下达了这个命令。当时在场的内行都看得很清楚，"1810"执行了这个命令，放满襟翼，加大油门，并迅速拉杆（可能由于操作的慌乱，飞机还带着倾斜），但结果是：飞机不但没有拉起，反而以更快的速度栽了下来，只很短的一瞬间，飞机便落地坠毁了！随着一声猛烈的爆炸，飞机的碎片飞向四面八方……

尽管我从医科大学毕业，又是一位性格内向的坚强女子，但这意想不到的灾难的突然降临——而且又在我的亲眼看见之下——还是给了我心头重重的一击！我经受不起这个沉重的打击，当场昏了过去……

姜雄飞在当年抗美援朝战斗中，曾一举击落两架敌机，是全军闻名的战斗英雄。我读大学的最后一年，经人介绍，才和这位仰慕已久的英雄结识。姜雄飞白净文雅、略显清瘦；宽阔聪慧的前额下一双炯炯有神的眼睛，表现出经过空战厮杀磨炼的那种特有的刚毅气质。他身高一米八三，一身合体的闪闪发光的飞行服，更增添了他的英俊和潇洒。

自第一次见面起，我就深深地爱上了他。大学毕业，我到雄飞的部队当航医（此时雄飞已是副团长），不久便结了婚。婚后，我们相敬如宾，啊，多么幸福的一对！凡是认识我们的人，没有不夸奖的。可是这场突然发生的事故，却把我们永远地分开了！

"我的战友，我的亲人，我的英雄！你在哪里？雄飞啊雄飞。你才二十八岁，你还这样年轻，为什么就这样匆匆离开了你的蓝天，离开了我？雄飞，你说，你说，这一切究竟是为什么呀？……"我醒来之后一遍又一遍地呼喊着雄飞的名字，悲痛欲绝地在床上翻滚、捶打……然而事实是无情的，尽管不少人都为我掉下了眼泪，可是谁都不可能把姜雄飞重新还给我了。

飞机犹如一团烈火，作为一个飞行员，却要驾驶这团烈火在蓝天上飞腾，啊，能不危险吗？但正像我的事业在病房里一样，他的事业是在蓝天之上。昔日他为了祖国的和平和人民的幸福，曾以他的忠诚和勇敢，谱写出一首英雄的凯歌，今天在和平建设的新时期，他以身殉职，为了人民的利益献出了宝贵的生命，他的死是无上光荣的！英雄死了，无法再生，但他的事业是永存的。何况，我腹中还有着英雄的后代，为了那个小生命，我也该强忍悲痛，坚强地生活下去啊！

在领导和同志们的热情关怀下，半年之后我生下了姜妮。当护士第一次把嘟着红润的小脸蛋，忽闪着和她爸一模一样的大眼睛的小姜妮抱给我时，我兴奋得哭了。姜妮，我的小姜妮，你是我和雄飞幸福爱情的果实啊！小姜妮在我的怀中蹬踢着，小嘴本能地到处寻觅……啊，母亲，世界上还有比母亲更伟大的吗？从那时起我就下定决心，一定要用自己的乳汁把她养大，如果有那么一天，我还要把她送上蓝天，一定要对得起她死去的爸爸！

这一天早实现了。三年前姜妮高中毕业后，就被选进民航，当上了空中乘务员。

前不久，姜妮还结了婚，有了她自己幸福的小家庭。也许不久的将来，她也要当母亲了，但无论如何她还是我的小姜妮。呵，姜妮，我的心肝，我的宝贝，你有何要事呢？"非常"，这可是她很少使用的词汇啊！

夜风带着凉意从江面上吹来，路灯倒映在江水中泛着点点亮光。大街上虽然已经平静，但春青咖啡店前面仍是人群熙攘。霓虹灯在熠熠闪光，录音机播放着甜美轻柔的歌：

小城故事多，

充满喜和乐。

若是你到小城来。

收获特别多。

……

姜妮站在门口，老远我就看见她向我伸展着一只白腻光滑的手臂。呵，质地轻薄蔚蓝色的衣裙，雪白的高跟凉鞋，她那轻盈婀娜的体态远远望去，宛如一只高翔在蓝天的白天鹅！

"什么事，我的小天鹅？"自从姜妮当上了乘务员，高兴时我就这么称呼她。

"看你，妈妈！"她娇嗔地瞪了我一眼，亲昵地挽起我的手臂往咖啡馆里走去。

"是杨达回来了，带了好东西回来？还是你要出远差，暂时离开妈妈几天？"

姜妮摇晃了一下浓密的长发："都不是。"

"嗯？"我睨视了一下女儿，她粉嫩的面颊红通通的。不像有什么不好的事。但月亮般的大眼睛闪出的却是迷惘的光，眉宇间也似乎有一个难解的结。

她领我一直走到最偏僻的一角，才坐在绿色的壁灯之下。

她皓洁的下齿不住地咬着鲜红的上唇，频频闪动着长长的睫毛，看样子是件难以启齿的事。她踌躇了一阵，才抬起头来："妈，你认识一个叫纪飞的人吗？"

"纪飞！一个男人？"

"嗯。"女儿表现出颇难为情的样子。

"多大年纪？"

"五六十岁。"

"什么职业？"

"作家。噢，翻译——作家，得过奖的。"

我摇摇头："不认识。"

"在你的生活里肯定有这么一个人！想想看，好妈妈，在你年轻时代，或在爸爸去世以后？"

露骨的提醒，这岂不等于说她已经掌握了我的什么隐秘？而这话不是出自别人，正是出自我心爱的女儿之口，我不由得带着愠怒："妮子，我不仅是你的妈妈，还是一个共产党员，我可不是你继父范梦亦那样的人！你在我怀中长大，多少年我们母女相依为命，你应该了解：尽管妈妈我一再遇到不幸，但从来光明正大，有什么话你就直说吧！"

"我错了，妈妈，我不该乱猜胡疑。本来你就很痛苦，我不该……"姜妮满含泪花，"可是妈妈，就在两三个小时以前，那个叫作'纪飞'的人忽然找上我的门来——"

"干什么？"

女儿左右看了看，没有直接回答我的问话，她敏捷地从手包里摸出一张事先写好的字条，展平放在我的面前："无偿赠姜妮人民币10000元。"

啊？！当我面前首次出现这个五位数时，我还不相信自己的眼睛，我仔细看了两遍，"1"的后面的的确确是四个"0"！天哪，这个夜幕中钻进我女儿家中的老头儿究竟是谁？他为什么要这么做，将会给我们母女带来什么？我该怎么办？……

待我正要叫女儿叙述详情时，一个发髻高绾，描眉涂脂，丰腴的身躯上紧绷着浅色的半透明衣裤的女人向我们走来。"韩丽"？原来是她！这个不要脸的臭婆娘真像一节截下的盲肠，叫人感到腥臭难闻！姜妮和我差不多同时看到她，我和女儿交换了一下眼色，便匆匆离开了咖啡店。

在街心公园繁茂的花木丛中，姜妮详细地向我叙述了那件事的始末。

3.韩丽

在灯光闪耀的文艺舞台上，我扮演的大都是流氓、阿飞、妓女之类的角色，在衮衮诸公过往匆忙的人生舞台上，我大概也不属于正面形象。我不想对世界上的事来个正确与否的结论，也不愿人们对我的行径做出什么公正的评价。大千世界犹如无边的海洋，我好比大洋深处浮游的生物，不管到哪儿都是一样，东、西、南、北，对我并没有什么意义，只要不被吃掉就行。我不是低能儿，我对现实的理解并不"傻"！

社会是什么？是由人组成的金字塔！除了原始社会和今后的"高级共产主义社会"，只要是阶级的社会，在塔顶上坐的只能是少数人。

我敬佩父辈的伟业，我曾笃信过共产主义，就是现在，我也仍不否认对人民有功的人。然而这样的人毕竟太少了。不然你就不能解释古往今来那么多好人受屈，坏人得志的历史现象。

　　我韩丽乃名门独女，父亲早年带兵打仗为万人之首，后来因为负了伤，才到地方工作。新中国成立后官至厅长，在C城也算数得着的大"官"。可是这又怎样，在那场突如其来的政治风暴中，还不是被莫名其妙地投入监狱！

　　我这个蜜糖缸里泡大的"千金"，在满地铺金之后，紧接着的就是污泥浊水！下乡之后，因为说了几句不满的话，就被当作新生的"阶级敌人"押上了批斗台……"三好学生"发辫上的蝴蝶结刚一解去，就被缚上两块砖，成了"狗崽子"！尽管是豆蔻年华，但活到这步还有什么意思？我想到死，不幸的是：自杀不成，罪加一等。在死不了，也活不成的情况下，我只好向"革命者"下跪求饶。

　　"嘿嘿，要求饶很简单：可以静悄悄……"我照办了，在一个星光闪耀的深夜，我流着眼泪，梳洗打扮了一番之后，主动敲响了"革委会主任"的房门……

　　卑鄙无耻吗？灵魂肮脏吗？这又关我什么事。因为有人拿淫威享乐，我才以自己的美色生存。实指望能由此脱离苦海，哪想到一个十八岁少女的贞操在权贵们来说，如同宴席上的一块手帕，被一揩了之。

　　一年以后，一支部队"拉练"来到此地，军民联欢会上，我本来只是被临时拉上去凑数，可是没有想到却由此改变了命运。

我被一个身材五短，眍着两只大眼，一张大口总爱不时合动，酷似蛤蟆一般的首长看中了！他让我独唱了几支歌，跳了一段舞。幸好，我有个好嗓子，又读过两年音乐学院附中，于是"蛤蟆首长"当天就和公社革委主任谈妥，收我当了"金菩萨"。

从此，这位"蛤蟆首长"就成了我的"干爹"……唉，能有什么办法？爹爹死，妈妈嫁，自己硬不起，就靠干爸爸。干爸爸，能力大，三言两语送我进"艺大"，"艺大"三年毕业后，转业地方跟随他……

每逢星期二、五的晚上，在演出完了之后我都照例先到青春咖啡馆坐一会儿，然后才精神饱满地到我"未婚夫"家里接受"公公"为我特设的"文艺理论辅导课"。

那天，刚一踏进店堂，就看到了我的那位"婆婆娘"。怎么，今天她也来到这地方，和谁一起呢？我故意旁若无人地走了过去。果然，又发现她旁边还有那位高傲的"公主"。这么晚了，她们母女来到这个平时不肯涉足的"禁区"，恐怕不仅仅是喝两杯咖啡吧？我走过去以后，她们的谈话已经停止，谈话内容我当然不得而知，但从她们严肃的神态来看，绝不是一件平常的事。尤迪安鄙夷地扫视了我一眼，拉着姜妮悻悻离去了。望着她们那两杯一动未动的咖啡，我在想：尤迪安今儿的风采为什么大减，还有那位"空姐儿"，也像霜打似的，这中间难道有什么蹊跷？

窥探隐秘是我特有的癖好，更何况今天碰到的是我的情敌，于是我马上放下手中的咖啡，悄悄地尾随而去。

尤迪安全神贯注在姜妮的故事里，她哪能想到，近在咫尺的盛开着黄、红、紫三色的美人蕉后，还有一双偷听的耳朵呢！

直到她们母女分手并走远以后，我才从花木丛中钻了出来，朝华兴路二号的C城人民艺术剧院走去。

"范总，今夜我可不愿听你关于三个外国'老夫子'（车尔尼雪夫斯基、杜勃罗留波夫、陀思妥耶夫斯基）的唠叨，我要公布一个特大的'号外'——"我一屁股坐在范梦亦的米黄色牛皮圈椅里，蹬掉了高跟鞋，把双脚高放办公桌上，"我敢说这才真正是独家新闻！"

"噢？不知是关于哪方面的？"

"关于尊夫人和令爱的。"我的心头涌起一阵快意。

范梦亦吃惊道："她们？什么事？"

"想知道吗？得先讲好条件，你拿什么来酬谢我？"

"咱们——谁跟谁，你不是我的儿媳妇么？"

"算了吧，我的公公大人，这出戏唱得太假了点儿，你那个宝贝儿子连家都不回，怎么搪人耳目？"

"你要怎么着？"

我从桌上收回双腿，站起来："同你结婚！你看——"我指指我的肚腹："八成是……你说该怎么办？"

"这——"

"怎么，舍不得你那位半老徐娘？"

"对她我早已兴味索然，这你清楚。我的意思是当前离婚怕条件还不成熟，如果尤迪安——"

"咳，这你就放心吧！据我的最新情报：有个叫'纪飞'的人，把一笔一万元的巨款亲手馈赠给她的女儿，我断定这是她往日的情人，我想不要多久，她就会和那个纪飞重新挂上钩的。那时，说不定尤迪安还怕你不离呢！"

"到底是怎么一回事？来……"在他的怀抱里，我把在咖啡馆见到的以及在街心花园里偷听来的，统统讲了。

谁知，他听了之后，样子非常异常，那个突然出现的纪飞，仿佛是从大山后面飞来的一发炮弹，莫名其妙地一下把他给击中了。他微张着大嘴，眼睛一下子变成古庙里的佛顶珠，黯然无光地嵌在肥泡的眼眶中，一动不动；连那堆聚在他腮上的横肉也往下坠着，失去了常见的红色。

我拍拍范梦亦肥壮的肚皮，揶揄地提醒道："喂，'元首'的风度哟！"

他白眼珠智慧地一转，"哦，对！随她去吧，反正我们早已是名义上的夫妻了！"

"那我呢？跟了你那么多年，眼看都人老珠黄了，既非'妻子'也无'名义'哟？"

"你——我的小亲亲，"他疯狂地吻着我的胸脯，"你永远是我快乐的源泉！"

4.纪飞

我并非当代的"基度山"，我此次回到阔别多年的C城，是应第六航空设计院的邀请，来处理某些公务的。虽然我年轻时也曾遭人暗算，冤狱多年，和那个埃得蒙有某些相似之处，但我无意复仇。这不是说我的品格有多么高尚，这是因为时代、环境、条件的不同。首先，我是被"平反"出狱的，而且这件事又是发生在"文革"之前。作为一个新中国的知识分子，从我们祖国、我们民族的根本利益出发，也不允许我强调个人恩怨，况且某种程度上也是咎由自取。二十四年前，我在C城空军某部当技术翻译时，曾因为自己的过失，导致了那起飞行事故的发生。

一个人，在物质上造成的损失，可以拿他的创造发明来补偿；在荣誉上造成的损失，也可以拿勋章来挽回；然而阶级兄弟生命的损失，却永远无法弥补！

我背着感情上沉重的十字架走过了二十四年，直到昨天，我才感到稍稍轻快了一些。

看望姜氏母女，说明一下当年事情发生的原委，向烈士的家属略表愧疚，这是我久有的愿望。但，一则听说尤迪安另嫁他人，早已离开部队，具体的地址尚不清楚；二来因为粉碎"四人帮"以后工作繁忙，使我无暇去实现这个愿望。近几年由于健康状况的恶化，我感到时间已不多了，曾几次下决心一定非找到尤迪安不可，可是病一好，又把这事搁置起来了。

"踏破铁鞋无觅处，得来全不费功夫"，这件事的发生纯属偶然。在飞向C城的NP-62大型客机上，一位女乘务员引起了我的特别注意。这既不是由于她的端庄秀丽，也不是因为她服务态度的热情周到，而是她的举手投足、言谈顾盼都闪现出我记忆中的某个人。这个人是男是女，虽然暂时还无法断定，但我深信：那蕴蓄着聪明才智的额头，那黑中带蓝的天使般柔美的眼睛，我是熟悉的。我不知这是幸福的重温，还是不幸的再现。我搜索枯肠地回忆着、回忆着，从给我留下记忆的人中间……

我突然茅塞顿开地"喔"了一声，尽管那是轻轻的一声，但还是引起了那位女乘务员的注意，她马上走过来关切地问："老同志，你怎么啦？"

"没……没什么，"我支吾道，"我腰腿……有残疾……"

"那你躺着坐好吗？……来，我帮你调整一下座椅！"

"谢谢你！"

"没什么。"女乘务员笑吟吟地回答。

调整好了坐椅，我就乘机和她攀谈起来。

生活里有些事就是如此的巧，好像是有个什么神奇的人，把事先编好的数码投入电子计算机那样，几年、几十年没解决的事，一忽儿便清楚无误地呈现在你的面前了！

"你走好，老伯伯，有空到我家来玩啊，我家就在机场宿舍楼。"

分别时的这句话，对姜妮来说也可以是句普通客气话。她没有、也不可能知道在我的心中掀起的狂涛巨浪。

二十四年前，C城某机场那起机毁人亡的事故发生后不久，上级就派来了调查组。专家们为事故做出的结论是：1.试飞机的技术不够熟练（只到外国进行了短时间的改装训练，试飞前又没有认真准备），操作不当，下降速度过快（超过20米／秒的规定）。2.拉升过晚。45度的大角度襟翼，使飞机突增阻力过大，造成失去平衡，沿横轴翻转失速。

姜雄飞等已经遇难，前一条原因自不必追究，而第二条——45度的大角襟翼，不能认为是飞行员的责任。其根据是：在失事后找到的飞行员图囊的技术性能资料上，在"360飘飞"一栏中明确地写着"可放襟翼45°"。而实际正确的数据应是"15°"。

这一资料是我代替尤金顾问整理的，资料上有我的亲笔签名。就是说，我是这起事故的责任承担者！两个同志的生命、祖国65万元财产竟毁于我手下的"1"与"4"之差！我这个非常自信，向来自认为做事细致、认真的人，怎么会犯这样的错呢？……然而，白纸黑字，那上边的确是那么写的呀！

我捶胸顿足，放声痛哭，我撕毁了自己的胸襟，我拔掉自己一绺绺的头发，我甚至想用凳子砸断自己的手指（在看管人员的阻止下，未遂）……我如何痛心疾首都没有用，最后还是成了人民的罪人。

法庭上，我接受了人民对我的审判。我以犯渎职罪被某空军军事法院判处有期徒刑两年，撤销职务，剥夺军衔（保留军籍），监外执行，当了烧开水的锅炉工……

自从小姜妮来到这个世界上，她便是我感情的债主。在我已经逝去的漫长岁月中，不管是在黑牢的铁窗前（我因曾给苏联顾问尤金上校当翻译，被"认定"为里通外国的"间谍"而第二次入狱），还是在人民大会堂的宴会厅，我都没有忘记过这个小姜妮。啊，今天，在二十多年后的今天，她亲口邀我到她家做客了。天哪！我算个什么样的"客人"呢？然而，我一定要去。

为了慎重，我在离开机场前，又一次打听清楚这个姜妮，确系民航C城管理局乘务中队的乘务员之后，当天就向领导请了假，第二天，又乘飞机返回北京。

命运既然注定了我是一个没有家室的人，姑且不说由于我的过失，夺走了姜妮父亲的生命，从感情道义上讲，我有这个义务；单就一个垂暮之人，在我聊以卒岁的时刻，这么做不也是十分相宜的吗？我视姜妮为我的亲生女儿，我巴不得她能坐上幸福的火箭上九天揽月，必要的话，把我这把老骨头作为这枚火箭的推进器，我也在所不惜！人类的这种繁衍后代的本性，看来和善良无私的感情一样，也是不能泯灭的。

回到北京，我取出全部存款，第三天，返回C城，就找上姜妮的家门，可是一连两天都没有找到人。航天部第六研究院的领导准备以组织出面来帮助我，但被我谢绝了，我只要了一辆小车。

从姜妮的口中，我知道了尤迪安的再婚丈夫是范梦亦。这对我，既是意料之外，又是意料之中。那次在机上和姜妮初次相遇时，我之所以没有向她提出这个问题，并不是我不想知道，我是怕听到那个令人不快的消息。"啊，到底还是如此。"昨晚当我得知了这个猜想为事实以后，我的心里感到一阵抽搐，我原想一定要见到尤迪安，一定要向她谈谈范梦亦这个"朋友"的为人。可是，一转念我又改变了主意，我希望她能生活得幸福，我不该去搅动她的安宁。

昨天从姜妮那儿回来，到了我下榻的青云饭店十一楼八号房间。我感到身体已经支撑不住，但我不愿就此躺下，我跌跌撞撞地搬了一把藤椅，一个人独自坐在阳台上，默默地看着不夜之城的万家灯火和广袤夜空的灿烂群星。"天上一颗星，地下一个人。"我忽然想起小时候奶奶说过的这句话。那么，我的星辰在哪里？二十二年前，我被以"间谍罪"判处无期徒刑，在C城，在我认识的人中间，我已是一个被抹去了的人。尤迪安也好，范梦亦也好，他们都不可能想到在中苏两国长期对峙的环境中，我还能够活到今天，而且会是无罪释放！纵然我出现在大厅之上，也不会有人再认出我来，何况生活的磨难早已使我面目全非！那么——过去的就让它永远过去吧！感谢雄飞的在天之灵，让我在有生之年了却了这桩心愿。过几天我就要离开C城，但愿她们母女平安幸福！

5.尤迪安

这笔钱我们决不会收！只要我女儿还叫姜妮，只要我还是她母亲！

但是，我必须回答姜妮向我提出的问题："妈妈，为什么我从未见过，也从没有听说过这位叔叔？你和他是什么关系？过去你们之间究竟发生过什么事情？"不是我有意回避，实实在在地说，在我的记忆里从来就没有姓"纪"的人！要回答这个问题，我必须首先弄清"纪飞"到底是什么人？

会不会是他呢？

50年代，一个早春的星期天，一早起来，我正在梳头，雄飞从外面跑步回来，笑着对我说："迪安，准备一下吧，一会儿有客人来。"

"又是范科长？"

"不光他，还有一位。"

"谁？"

"范梦亦的好友，新近才从北京调来的俄文翻译——专门陪同尤金的，刚从苏联留学回来，很有才华。喂，你不是想学俄语吗，这可是天赐良机啊！"

"他学的什么专业？"

"空气动力。"

"那——不到研究所、设计院去，来这里干这个？！"

"听说他是五四时期北洋军阀政府中那个姓陆的头面人物的长孙。唉，可惜呀，在苏联，他的毕业设计全部是满分。据说伊留申和杜波烈夫两个设计集团都争着要他，可他硬是回了国！"

"不是说重在表现吗？"我不平地说。

"话虽这么说，可事实上一些重要部门，不能不考虑阶级斗争的复杂情况。从来都是这么的。"

事后回想，当时雄飞对陆仲元的这段介绍，大概是从范梦亦那儿听来的，可是，半年之后范梦亦谈起陆仲元时则是另一种腔调了。

我记得很清楚，那天我们是用牛肉馅饺子来招待客人的。上午十时整，范梦亦领着一个身材修长、体格匀称，面容宛如一轮满月的年轻上尉走了进来。

范梦亦一手搭在来客的肩上（范梦亦至少矮二十厘米）向我们介绍说："他就是我的好朋友陆仲元。北京航空学院有名的才子，在苏联深造了三年，最近才回国。"

"欢迎，欢迎！"雄飞伸出了热情的手。

"范科长谬赞了。我只是一个普通青年，刚出校门，什么都不懂。我是来向姜副团长学习的。"陆仲元谦虚而又十分得体地为自己做了辩解。

接着范梦亦又把我介绍给陆仲元："见见吧，这位就是我们的嫂夫人——尤迪安，也是一位大知识分子！"

"哪里！别见笑，请随便吧。"我也大方地向他伸出手去，可是他纤细的手指和我的手刚一接触，便收了回去，光润的脸上泛起羞涩的红晕："请多指教！"仿佛站在我面前的这个人不是一个堂堂男子汉，而是一个腼腆的少女。我笑了。

"留过洋的人呢，倒像个地道的村姑！"范梦亦奚落道。

雄飞也说："不必拘泥，大家都是自己人，往后会习惯的。"

我笑着说："我正在自学俄语，碰巧今天来了一位老师。

陆同志，今后可要麻烦你了。"

陆仲元这才大胆地望了我一眼："说不上麻烦，能同你一起学习，我很荣幸！"

从这天起，我结识了陆仲元。以后，他不仅是范梦亦和雄飞的好友，也成了我的好友。我们家又多了一位常来的客人。

陆仲元和我一样，刚出校门不久（虽然他年纪比我大、学历比我高），没有抗美援朝的光荣经历，对"战争"我们都是空白，因此在范梦亦和雄飞大谈"五次战役"时，我们很自然地把话移到社会、人生、理想这些一般青年的话题上来。我们虽然偶尔也闲扯到个人生活方面来，但从不深谈，更多的时候是他为我补习俄语。

陆仲元为人谦和，知识渊博，除了外语和专业外，文学和其他社会科学也懂得不少。在他的耐心辅导下，我的俄语有了较大的进步。以后我学习的劲头更足了。我不满足于每周一次，渴望陆仲元对我的辅导能更多一些时间。但是范梦亦却来得比以往更加频繁了。范梦亦虽然为人热情大方，但谦虚之中藏着傲慢，每每以大尉科长自负，言谈举止中除雄飞（少校）外，从不把别人放在眼里。尽管他对我说的大都是讨人喜欢的阿谀奉承的话，但实在说，我并不喜欢。何况他一来就大叫大喊，夸夸其谈，叫你什么都干不成！由于我在感情上对他们俩渐渐产生了差异，因而不知不觉在行动上有了流露。

不久，雄飞出国进行改装训练。临别时，雄飞说："迪安，抓紧时间学吧，等我回来时，我希望你能赶上陆仲元。"

"赶上？说得轻松，能有他一半就不错了。"

"哎，要有信心嘛！今后再出国，我就向上级打报告要你当我的翻译。"

"说定了？"

"当然，谁不想带着心爱的人出国呢？"

"雄飞！……"我恋恋不舍地扑在丈夫的怀里，哭了。

雄飞出国以后，我的学习时间更多了一些。大概雄飞临走对仲元留了话，他对我的辅导增加到每周三次。那时我在部队的卫生院工作，当医生的人，生活没个固定的规律。我上白班，他晚上来；我上夜班，他白天来。有时学得正在兴头上，来了急病号把我叫走，他就一直等着，直到我又回来学。

陆仲元像大哥哥一般对待我，可他生活得并不幸福，都二十七八的人了，仍是独身一个，这使我很不安。

仲夏的一个周末，天气异常闷热，我提议："仲元，到外面走走吧，别老闷在屋里。我们边走边复习，好吗？"

他笑笑，跟着我走上了通向河边的田间小路。

我们顺着小路，转了个弯，绕过营房，正好面向着下沉的太阳。一条镀着金边儿的长长的云带，斜挂在天空，硕大的红日，看来好像把高耸的桉树梢都点燃了，田野和村庄到处都洒满了它那橘红的光辉。我心里一高兴，把俄语丢到了一边，忽然想起了个话题，捞起裙子，跳过一条小溪，回头对他说："苍天是公平的，它把雄飞赐给了我。我是幸福的。可是你呢，仲元，你为什么还不成家，难道还没有一个称心的人吗？"

"嗯。"他忽然用异样的目光望着我,又说,"不,有了一个!"

"她是干什么的?"我高兴地问。

"和你一样,也是搞医的。"

"那你们为什么还不结婚?"

"在等……至于为什么,我也说不清。"

说毕,他转过脸去望着红日。

我知道他出身不好,可能是因为家庭的原因,因此也不便多问。我们走到河边,在那里站了许久,谁也没有再说什么,只是望着河面上的万点金光。

从河边回来,遇到范梦亦,他故作惊讶地说:"我说呢,原来二位——"他妒意十足的故意引而不发。

我把脸一沉:"怎么,不可以吗?"

范梦亦异常尴尬道:"哪里,哪里!"

不知怎的,我感到那是一次不愉快的散步。

以后,陆仲元来得少了,而且表情严肃。他每次都向我布置很多作业,直到下次他来我都完不成。开始,我还认为他是因为工作多,"八一"快要到了,他要把时间用来陪尤金。可根本不是那么回事,后来才发现,他经常一个人沿着我们那次散步的路线到河边静坐。他的这种反常,使我非常苦恼。我决定选个时候,找他谈谈。

"八一"的晚上,C城歌舞团来部队慰问演出,陆仲元陪着空军顾问尤金,在前排就座。七时半,宣传科科长范梦亦代表政治部致欢迎辞。这时，我发现陆仲元向我们女同志较多的左后方张望。他张望什么呢？他的女朋友么？我仔细观察了好一阵，什么也没有发现。看来他的那个"搞医的"今晚没来，或许根本就不在我们部队。因为据我所知，我们卫生院的女同志除了已婚的，差不多都是"准新娘"。

他又往我们的方向看。哎呀，他的脸色很不好，人也消瘦了许多！该不会是病了吧？怪不得他很久没有来了！我暗暗地自责：我这个人也真是……只想人家来帮助，而自己却很少关心别人！

开演不久，陆仲元就离开了。这时，我很想去找他，但考虑各方面的因素，我还是耐着性子坐下去。

看完演出后回家，我取出了雄飞托人从上海给我买的、我还没舍得吃的麦乳精，就去找陆仲元。刚到专家楼洞门处，范梦亦追了上来，"小尤，迪安"的连声叫唤。"你干什么？"我回头冷冷地看着他。"军人俱乐部的舞会马上就要开始了，我想请你……"我告诉他："对不起，我不想跳舞，我要去看陆仲元，他病了！"

"病？什么病？"

"重感冒，体温39摄氏度。"我故意大声说。

"也好。"范梦亦的脸拉得老长，转身朝鼓乐响起的方向走去了。

说也巧，陆仲元"真的"患了病，我让他马上入院，可他怎么也不肯。我把"麦乳精"放到他桌上时，还向他开了句玩笑："爱感冒，就少往河边走，那儿风大！"

此后陆仲元虽仍常来，但显得很忧郁。

初秋的一个晚上，我在门诊值夜班。大约九点钟，范梦亦来到卫生院找我，说他肚子疼。我热情地为他看了病，但他赖着不肯走。过了一会儿，他笑着说："迪安，你知道仲元为啥还不结婚吗？"

我猜他话里有话，就没好气地说："我怎么知道！你知道就请讲，少拐弯抹角！"

"嘻嘻……他说——他爱上了你！"

"胡诌些什么？亏你还是科长！"

"真的，他亲口对我说的。还说'这辈子终身不娶'呢！不信，你——"

"去，去，我不要听你胡说八道！"

"我是怕你堕入情网，才好心来告诉一声，免得雄飞回来不好交账。"

"谢谢关心！你——可以走了。"

看来怕不完全是范梦亦编的，那天陆仲元的话……天哪，他的"和我一样"的心上人，难道只是虚拟？……

我当然用不着去问陆仲元，不管这件事的真伪如何，我都只能忍痛"割爱"了。

一天，辅导课完了，我对他说：

"仲元，这段时间确实给你添了很多麻烦——"鼻子一酸，我声音有些发哽，"非常感谢。俄语——我打算停一个时期再学。"

"不是学得蛮好吗，为什么要停？"

"我——"

"我有哪些不对，请你指出来，尤迪安同志！"

他几乎对我发怒了，我一点也不感到意外，耐心地对他说："不学俄语，难道我们就不是好朋友了吗？雄飞要回国，我准备操持一下家务。欢迎今后你和范科长常来玩！"

"谢谢！"陆仲元向我深鞠一躬，大步走了。从此，再也没来。

雄飞回国不久，就发生了失事事故。

按范梦亦当时的说法，陆仲元干出了那样的事，肯定是"心怀叵测"！可我从来没有这么想过。我深信，他绝不是那样的人，不管在他的心底是否真的萌发过对我的爱。

后来，陆仲元因另一起案子、被判了"无期徒刑"，又听说他后来在大渡河畔的一个劳改采石场，被巨石砸死了。

难道这个"死去的故人"又复生了吗？……不，不大可能。他那个出身和经历，即使无罪，在当时及后来的严酷环境中，是决然生存不下来的。

医院走廊的挂钟已经敲响三点，再过一会儿天就亮了。等到天黑，等到我女儿再来时，对这件事，我至少得向她做个交代。可是，这个"纪飞"来去无踪，让我到哪儿去找呢……

要不要问问范梦亦？不，决不！我和他已经分居，我们早就没什么联系了，若不是顾及名誉，我早就上了法院！关于我和范梦亦，我今天只有一句话：我的再婚是我一生最大的不幸，其不幸的程度可以说不亚于当年雄飞的遇难。也正因为如此，每每在危难之时，我总会想起雄飞！雄飞，你说我该怎么办呀……"雄飞"——"纪飞"？莫非这个人的名字，有他特定的含义？和我一样，在默默地"纪"念着雄"飞"？如果真的是这样，那么——除了陆仲元，还能是谁呢？何况，雄飞家的人我一直保持着联系，他们对我也用不着以这种难解的方式对待。想到此，我的心里顿时豁亮！

6.范梦亦

自从尤迪安出走，范超不归，这幢房子就成了我的天下！

韩丽已经脱去了衣服，扭摆着丰腴的两臀，母鸭般地钻进了绫罗帐，而我却仍在审视着自己镜中的形象——

身高只有一米六一，这曾是我青年时代的烦恼之一，虽然我们50年代的男子这个高度并不少见。我在我早年的成名之作《大鹏展翅》中曾对姜雄飞高大、魁伟的身材做过充分的赞美。尽管他早已尸骨成灰，但那个天之骄子的长颈长腿及赤铜雕塑一般发达的胸肌，至今仍被我羡慕嫉妒！何必懊丧，列宁、斯大林、希特勒、拿破仑，还有恺撒、亚历山大这些世界名人不都是身材矮小的人么？我不知拿这句话自我安慰了多少次。眼睛小，这是事实，可是当年好友陆仲元曾说过："你这个人置身于群众之中，好像没有什么特别引人注目的地方，但终非一个毫无魅力的人。眼睛，就是你身上最出色的东西——小而有神，闪耀着智慧的光辉！"这句话说得不错，"智慧"？是的，为什么不能说智慧呢！以我今天的业绩来看，大可不必闪烁其词。

可恨呀，只可恨这只牛脖子，它是构成我"蛤蟆"的主要原因；既粗又短，看起来下巴和胸背直接相连，以至于没个过渡！还有这腰和背，当然，如果肩膀宽些的话也并不难看，可是……？胸部也没有气派，随着年龄的增长，愈加女性化了。再加上这大嘴——

"你在——自我欣赏？"韩丽竟忽然跑到我跟前，用手拍打着我肚子上软绵绵的脂肪，"一副蛤蟆相，有什么好瞧的！"

听到对我的公开侮辱，这还是第一次。我没有好气地照着她就是一掌，"走开，脏货，别太不顾羞耻！"

"你好，你是正人君子；那你说说，半夜一点你把我叫来干什么？"说着，就朝我扑来，又是拧，又是打。

"停战，停战，我宣布无条件——投降！"

韩丽住了手。

"我请你来商量一件事。"

"我不想听！"她穿上牛仔裤，赌气回到她临时的卧室。

我追了过去，她的双唇紧闭，煞像一朵收拢的花瓣。

"算啦，算啦，我说句公道话：大凡人们在两性关系的污泥中，拱来拱去的都只能是猪，行了吧！"

她扑哧一笑，又似往常。

"丽丽，为及早找到纪飞——"

"又是'纪飞'！"她不耐烦地打断我的话，"这两天我都一直跟着你老婆的屁股转，窃听、盯梢、跟踪，什么都干了，连她都没找到纪飞，我能有什么办法？"

"我有个主意。"

"你说——"

"想想看，那天'纪飞'曾对姜妮说过：从第三天起我就开始找你，今天已经是第四天了；姜妮问他住在哪里，他说坐汽车来。以上两点，我们可以认为，他是一个星期之前由外地而来，而且是住在蓉都、锦江、青云、龙泉这些高级饭店。他腿脚不好又是特殊标志，要找一定不难。"

"可是到底怎么去找啊？"

"这好办！"我打开柜子，将事先准备好的相机和"记者证"交给她。

"你要我当记者？"

"他不是小有名气的作家么？"

韩丽爱不释手地抚弄着相机："呵，还是日本最新式的万美雅呢！"

"说好了，用完就归你！"

"真的？！"她两只粉臂高兴地勾着我的脖子："你真是我的——好'蛤蟆'！"说毕，给了我个吻。

"可是，你必须成功地为我拍下他的照片，不然——"我用手指刮了一下她的鼻子，"就不给你。"

"哎，我不明白，你为什么对这个纪飞如此重视？"

"我有一种预感，觉得这个人很危险！这个你不懂……"

"对你？"

"也可以说对你，因为没有范梦亦，也就没有你韩丽了。"

7.姜妮

因为遇上"雷暴"天气，我们的航班在沈阳延误，两天之后，我才回到C城。

我没有回家，而是直接乘车赶往人民医院。不料，妈妈的房门锁着，我问妈妈的同事，她们告诉我："你妈这两天没上班，每天很早出去，很晚才回来，像有什么急事。"于是，我只好又赶回我的家。

到家一看，纪飞送我的那只箱子不见了。我马上联想到红绸包里两百张一沓，一共五沓的十元一张的人民币，"天哪，该不会是……"

第二次的地震，总要比第一次发生时令人坐卧不安。光明已向西方退去，乌云伴着黑暗像怪兽一样扑了上来。我丈夫杨达不在，家中就我一人，偏偏在这个时候发生了这件事。我和杨达加起来，每月只有一百五十多元的收入，小日子虽不富裕，但手头并不拮据，我不知道这个"纪飞"为什么要跟我们开这个"一万元"的玩笑？他是否也像《百万英镑》里的绅士一样，闲着没事，也拿大张钞票来消遣一下呢！当然，从现实的情况看，他也许不是，可事实上他这么做给我带来了无穷的烦恼！

我们60年代出生的青年人，并不了解父母一代，如何以是非的纠葛，来编织他们荣辱升迁的过去。

自我记事起，范梦亦就经常出现在我们家里。他为我买了许多好看的花衣服、好玩的玩具，还领我去看戏、看电影、逛公园，那时，我以为除了妈妈，他是世界上最好的人了。"妈妈，爸爸什么样？有范叔叔好吗？"我天真地问。可是妈妈却回答："好、好、好多了！"数年之后，范梦亦由"叔叔"变为"爸爸"，我才慢慢懂得妈妈那句话的含义。对于妈妈和范梦亦的分歧，我作为孩子，最初只能莫衷一是，后来随着年龄的增长，有了自己的观察。我发现妈妈对待生活是个"一元论"者，而继父的为人则是"多元"！固执的妈妈对一件事总是一样的解释，因而也只能一成不变地当她的医生。范梦亦则因人、因时不断变幻风云，因而节节高升。不到十年的工夫，他由师的政治部副主任、主任到C城文教部门首席军代表、军的政治部副主任兼宣传部部长。"九·一三"事件发生后，他受到影响，才转业到地方，屈身当了人民艺术剧院的副院长。

尽管如此，我并不喜欢范梦亦，这并不是因为他是我的继父。我有我诸如以上所说的世界观方面的原因，我反感他天天都在"演戏"！

上高中以后，对继父的戏剧观摩票、内参电影票、内部舞会票统统不屑一顾，我把时间用于读书和锻炼身体。我认为自己虽然是"英雄"的后代，又有"有钱有势"的继父，但我是独立的我，我的美好前程要自己去开辟，我的幸福生活要靠自己去创造！

我公开地站在妈妈的旗帜下，也不是因为她是我的妈妈，而是为了伸张正义。

我的隔山哥范超，是范梦亦的前妻何桂枝生的。他比我大十岁，我们虽属一代人，但他有他不同的经历。他这个人很怪，不知怎的，"文革"中由革命的激进派一下子变为不可知论者。由于他的得天独厚（军代表的父亲）一直未曾下乡。"红卫兵"运动的高潮过去以后，他对外界的事突然不理，躲在家里一头钻进书堆，和外国18世纪的哲学家打起交道来——休谟、笛卡儿、康德、斯宾诺沙、爱尔维修，这些稀奇古怪的名字，我最早是从他嘴里听到的。我满以为他后来要上大学哲学系，可是他却执意到供电局当了一名电工。

众人面前我曾听到范梦亦对儿子的表扬，背地里我又听到了"没有出息的下流胚"之类的臭骂，但是范超不哼一声。

我不解地问："超哥，导线、电缆、螺丝帽，钳子、扳手、螺丝刀，你真的要当'雷锋'呀？"

他睨了我一眼："给人类带来点真实的光明，总要比《巴黎圣母院》里的主教大人强得多！"我想他是对自己父亲腐化、堕落的丑恶，看出了某些端倪，才舍弃平步青云之途的。

崇拜的偶像被打碎，就来了个矫枉过正；新天地的不足，并不定是海市蜃楼！有些青年人就是这么偏激，你有什么办法！其实范超完全不该自惭形秽，他和他父亲是两个人嘛。

眼看范超都三十好几了，仍是独身一个。虽然也曾有过几位"女朋友"，但都是为钱财而来，并无诚意。我结婚之后，妈妈和范梦亦都忙着为他的婚事张罗（这是他们最后一次联合行动）。不久，母亲选中了她们医院里一位同事的女儿，而范梦亦领来的却是风流放荡的韩丽！据说这个韩丽和他早已勾搭。我曾不止一次地发现他们在外边拉拉扯扯，打俏厮混；如今又公开地以合法身份把她弄到家里来。这——激怒了我们大家，范超愤然出走，我母亲也与范梦亦分居，搬到医院去住了。

天黑了下来，又起了风，零星的雨滴乒乒乓乓地敲打着门窗：面临一个风雨之夜，我更加感到惶恐不安。我打定主意还是到我母亲那儿。可是明日的早班怎么办？天不亮我就得登机呀！

正在我左右为难的时候，门外传来一声亲切的呼唤："姜妮，开门！"

"杨达——"我高兴地开了门，一头扑到他的怀里，"亲爱的，你可回来了。"

他用手捧着我的脸颊："你瘦了，亲爱的！"

"能不瘦吗，家里最近出了事。"

"你说是'纪飞'？我知道了，下车我先到了妈那里，她把一切都告诉了我。"

"有结果吗？"

"妈跑了两天，暂时还没有。"

"那箱子呢？"

"我帮妈妈把它转移了。"

"转移？"

"这两天妈妈发现韩丽一直在她身后尾随，她疑惑韩丽可能发觉了此事。为了防止意外，今天下午妈妈好不容易才甩掉她，从这儿取走了箱子。我到妈那儿时，她正为这事发愁，后来我和她一起把箱子寄放在胜利路派出所了。"

"奇怪，韩丽怎么会知道呢？"

"据妈的分析，可能是那天你们在咖啡馆里……"

"记得，就是因为她来，我们才到街心花园去的。"

"那个女人嗅觉灵敏得像条狗，可能是被她发现什么了。"

"这么说范梦亦也知道？"

"说不定韩丽的行动就是他指使的。"

"他们到底想干什么？"

"不外乎两个目的：一是想那笔钱；二是趁机捞把稻草，好公开向妈妈发难。"

"那——怎么办呢？我很担心妈的安全。"

"有我在，什么都别怕，你放心地去吧。"

第二天早上，当我飞向蓝天的时候，我还忧心忡忡地望了一眼轻雾茫茫的C城。我一去又是两天。

两天后，等我归来，意想不到的事已经发生了。

8.纪飞

上午十时，我正在设计院的风洞实验室里忙碌，院党委秘书何萍忽然来找到我，说党委书记找我有要事相商。

我刚走进会客室，一位身着民航飞行制服的年轻小伙子，便马上站了起来。

"我来介绍——"院党委书记指着我对那个年轻的飞行员说，"他就是陆仲元，我们从首都请来的空气动力学家。他曾参与'运-10'飞机的设计。"

那年轻人听了有些吃惊，急忙握住我的手："见到你很荣幸，感谢你为我们设计出了那么好的飞机！我叫杨达，民航C管局的飞行员。"

"坐下谈吧，关于你们之间的问题，我不想发表什么意见。不过——"院党委书记稍踌躇了一下，"陆仲元同志，我们已经答应了杨达的请求。"

说完以后，院党委书记便离开了会议室。

年轻飞行员问："听说你又叫纪飞？"

"'纪飞'是我搞业余写作时用的笔名。"我回答。

"陆仲元同志，你让我们好找！"

听他这么一说，我心中已经明白八九分。

"我是乘务员姜妮的丈夫。"那年轻人直截了当地说。

"我猜到了，不过——杨达同志，你是怎么找到我的呢？"

"我们根据门岗提供的线索，到了青云饭店，虽然没有找到'纪飞'，但还是查到了'陆仲元'。又根据我岳母的分析，纪飞很可能就是陆仲元，我才找到这儿来。为了不至于弄错，我先找了院领导……"

"刚才听他说。已经答应了你的要求，不知是——"

"你赠送我妻子姜妮的手提箱，请设计院领导暂为代管！纪飞同志，在没有弄清为什么之前，我想姜妮不该收下这个礼物。"

"这个问题很简单，你只要回去翻一下1959年10月15日一架机号为'1810'的AH-2飞机在本市机场坠毁的事故通报，你就明白了。"

"我虽未目睹，但我知道此事。这不仅因为我是一个飞行员，还因为当年那位失事者姜雄飞是我妻子的生身父亲。陆仲元同志，还想说明一点，我只是受命而来，我岳母尤迪安想在你方便的时候拜会你，不知你能否满足她这个愿望？"

"如果我的出现，不会重新使她痛苦的话，我将非常乐意。"

"咱们一言为定！时间、地点由你选。"

"明晚八时吧，我今天还有个会议。地点——"

"你行动不便，我看就在你下榻的青云饭店十一楼餐厅吧？"

"那可就失礼了，我本当上门拜访的。"

"就这样吧。谢谢！"

杨达同我握别，匆匆走了。

当天晚上七时半，我收拾停当，正要去出席局里的会议，突然门声"笃笃"，我打开门一看，不由得吃了一惊：来者竟是一位胸前挂"盒子"（相机）的摩登女郎！长不及膝的短裙，上穿一件粉红色的皮夹克，面色苍白，但嘴唇猩红，黛青的眼睑下一双丹凤眼闪着逼人的目光。

"请问，您是作家纪飞吗？"

"作家？"我摇摇头。

"您用不着保密。我叫钱葩丽——《群星画刊》的记者，给——"她从皮夹克的内兜里搜出一个红皮本，向我出示了足以证明她记者身份的证件，"有消息说，一位首都的名作家来到我们C城，我想把您介绍给我们的广大读者。"

"很遗憾，记者同志，我是一名搞航空的普通科研人员，只在业余的时候，学着翻译了一些外国文学作品，而且很不像样子。"

"不必过谦，据我们所知，您曾得过翻译一等奖，是我们这个时代最灿烂的明星之一。"说着她"咔嚓"一声，把我"装"进了她的盒子。

"可我饭店里登记的名字是陆仲元。"

"碰巧，本饭店一位从北京来的戴眼镜的旅客告诉我：纪飞就住在我们这个饭店的十一楼，而十一楼一星期之前新来的客人中，只有您是男性。"

"哈哈，原来这样，您请坐吧！"

"纪飞同志，您作为一个科学家，在百忙之中还抽时间搞文学翻译，而且很有建树，确实是难能可贵，我想请您谈谈——"

"很对不起，记者同志，我马上要出席一个会，以后再谈吧！"

"明天？"

"对不起，明天我已有约会，后天——怎么样？"

"非常感谢，那我就不打扰了。"

"请慢走。"

"后天见，纪飞同志。"

"女记者"走进电梯，留下了一串脂粉香。

9.范梦亦

桌上放着陆仲元的照片。望着这个"前度刘郎"，我真有些不寒而栗！

时光过去了二十多年，没想到历史的长手仍死死地拖拽着我。今天陆仲元虽然步履艰难，但并不曾死去。当年，他败在我的手里，差点一命呜呼，想必定不善罢甘休。他此次隐姓埋名来到C城，深居简出，不惜重金请出尤迪安，其目的显而易见，是想和尤迪安串通对证，以雪当年之耻么？

如果二十多年前那两桩历史公案被揭穿……那对我就是灭顶之灾呀！

我范梦亦面临着末日！

不铤而走险就束手待毙，别无他择！

晚饭时，在剧院餐厅的餐桌上，我对同事们说："我明天要去拜访一位作家，商量把他的得奖作品《是非请人们评论》搬上舞台。看来这也是形势所需，配合'落实政策'嘛！"

我的提议，得到大家一致赞同。

一位演员凑过来说："那些革新加恋爱的戏，别说观众，连我们都腻了，是得换换口味。范总，说好了，到时可有我一个呀！"我心里为之一动，心想：对不起，这次可要由我演了！

饭后，我到排练厅去找韩丽。人不在，我就给她留了一张字条，放在她自行车挂包里——"小鸭，祝你走运！"示意她今后别来找我了。

在人生的舞台上，我虽然踌躇满志，但实话说我只是一个小人。我承认我不如姜雄飞，不如陆仲元，不如尤迪安，甚至不如姜妮和范超。

1930年的农历闰八月十五，我出生在北平一个小职员家里。据说在我呱呱坠地时，我的父亲在凉椅上坐着做了一个梦，梦见他当了"都督"，黄袍锦衣前呼后拥地回到江西老家，我由此得名"梦亦"。

父亲把此事大肆渲染，说我是贵人转世。在我"百日"那天，不惜债台高筑，排排场场地大庆了一通，并且见人就说："这孩子额阔面宽，方头大耳，将来必大有作为。"从此我成为家里的天之骄子。

为了我能读上名牌学府，也为了我的吃、穿和花销，父亲牙关一咬，把我姐姐卖入东四"苑香"妓院。父亲当时对姐姐说："哭什么，梦亦是个有良心的孩子，他将来决不会辜负你！"

姐姐走后，母亲一气之下重病染身，再也没有起来。

就这样，用了两条性命，才换得了我这个"名牌学府"的大学生。我刻苦学习，就是为了出人头地……

我在北大新闻系毕业后，分到军报当记者，被派到朝鲜。

搞了两年，随志愿军（第二批）回国。此时，父亲已经谢世（很遗憾，他对我的希望落了空），我抚今思昔，不觉泪下，发誓要干一番事业，使他瞑目于九泉！

一天，我无所事事地在大街上溜达，突然遇见了我高中时代的同学姜雄飞。他因一举击落两架美军飞机，而成为全国闻名的英雄。我灵机一动，马上对他进行拜谒性会见。姜雄飞性格豪爽，待人热情，我和他怀古述今，肝胆相见，很快便成为挚友。以后我根据他的事迹，创作了话剧《大鹏展翅》。

《大鹏展翅》取得了成功，在军内外有一定的影响，我也改行当了编剧。此时虽然我的军衔晋升大尉，行政也到了十八级，但在文坛上我仍是无名之辈。后来我又写了两个剧本，可还没有上演就被淘汰了。我见文艺上取得成就无望，就要求改行干政治工作。

不久，我的要求被批准了，在姜雄飞的荐举下（此时他已在C城×航校当飞行副团长），我被调到他所在的部队当了宣传科科长。两年后，上级从北京为苏联顾问尤金调来一个翻译，名叫陆仲元。他是"北航"的首批留苏学生。我见他聪明干练，谈吐不凡，就主动与他结为好友。

命运就是这样把我们三个同龄人，连到一起了……

现在，姜雄飞早已尸骨成灰，而陆仲元却奇迹般地活在这个世界上。陆仲元像坛陈年老酒，颇有些"醇香"。我承认他是一位天才。可他醉心于科学，在权术上岂能敌我，此番如若不成，那剩下的历史就让陆仲元来写好了。

10.范超

耶稣被钉上十字架，才相信上帝的仁慈。不知怎的，范梦亦忽然"关心"起我这个"儿子"的冷暖来了！

我的离家出走，不是愤世嫉俗，而是为了维护人的尊严。在我离家的一百多天中，他从未来看过我。可是那天下午四点，他忽然来到供电局，找到我的宿舍，在我的床头放了一套崭新的猎装。当时我不在，据邻室的人讲，他骑一辆紫红色幸福牌双缸摩托，据说这是给我买的，来去匆匆。既是"关心"，为何不等我回来就走？更奇的是随着那套时髦猎装的来到，我挂在门后的那套油迹斑驳的劳动布工作服和工具包，都不翼而飞了！

这一来一去，究竟是耍的什么花招？

在别人看来，我范超洪福不浅。其实呢，我的命运并不比任何人好。母亲死了之后，父亲只顾忙于他自己的欢乐，哪里还把我放在心上。父亲早年出身贫寒，大学毕业当兵去到朝鲜，不能说没有革命热情。可自他扛上了"一杠四星"的大尉肩章以后，就沉迷于酒色之中。人前他装出一副温文尔雅的样子，在家中却变得说话气粗、走路脚重；视母亲为旧时代的奴仆，只要稍不顺心，动辄便是一顿"猪啰""冬瓜"的漫骂！

我母亲何秀枝生长在一个工人家庭，初中毕业参加志愿军，作为战地护士，还荣立了战功。她人虽不算漂亮，但决不丑陋，不然范梦亦当年不会主动向她求爱，可是，如今却不配做他的"夫人"了！

一天夜里，一阵"叮咚"声响，把我从睡梦中惊醒，我听到母亲正在低声啜泣。我忙爬起来由门缝朝父母卧室里一看：啊？！妈妈赤身裸体地被他按倒在地上，他一手扯着妈妈的头发，一手狠命地卡着妈妈的脖子。"妈妈呀！"我大声地哭叫着，不顾一切地冲了进去，使劲想拽开那只紧卡着妈妈的手。但我拽不动，最后急了，就在范梦亦的胳膊上咬了一口，总算救了妈妈。但我却被他提着胳膊一下给扔到了屋角。我从地上爬起来，冲范梦亦边哭边骂，"你打人，你是大坏蛋，你是蛤蟆精！"范梦亦恼羞成怒，野兽一般向我扑来。"不许毒打孩子！"妈妈一把将我搂在怀中……

事后，我被妈妈送到东北姥姥家。半年后回来时，才知妈妈已经离开人世！

妈妈是怎样死的？当时我才九岁，是不清楚的。后来才知道，妈妈因不堪忍受范梦亦的虐待，是吃巴比妥自杀的。范梦亦——这个逼死人命的罪犯，凭着讨好上级的本事，只受了党内警告处分。

"文革"中，在我手臂上佩戴着"红卫兵"袖章的时候，我曾以我母亲何秀枝的死为题，向范梦亦发起"炮轰"。大字报贴到政治部饭堂的门口。但是，这一"炮"不仅没把他"轰倒"，反而使他高升一级。由师政治部主任一跃成为市文教部门的首席军代表。因为"三支两军"有功，他后来又当上了军政治部副主任兼宣传部部长。这"蛤蟆精"的道行，的确不浅啊。

对尤迪安，最初我是嫉恨的。可是后来，她对我无微不至的关怀，赢得了我对她妈妈一样的尊敬。我和姜妮也像亲兄妹一般。范梦亦对我一时也变得亲热和气起来。我还以为在尤姨这个善良的好人影响下，范梦亦也许真要变得像个"爸爸"了，然而——事实上他仍是一个"两面人"。

11.陆仲元

每个人的一生都有许多重要的时刻。随着时间的推移，岁月的流逝，有的重要时刻就渐渐变得不那么"重要"了，而剩下来的那些决定你一生命运的最重要时刻，则像一面插入你颅骨中的镜子，永恒地唤起你对往事的回忆。

1959年初冬，由于中苏关系紧张，尤金要奉命回国了。临走的前一天傍晚，他特地穿着庄严的上校礼服，专门来看望我。我们的会见，就在锅炉旁（因"1810号"事故，我那时正在服刑劳改）。

"陆仲元，我是来向你告别的。想起我们友好相处的日子，我非常难过！"

"谢谢！"我的眼泪一下涌了出来，赶忙放下手中的煤铲，紧紧地握住他的手。

接下去，我们谁也没有再说什么，大家并肩站在那里，一起望着炉子里的熊熊烈火。

说什么呢，任何的话都是多余的，那团火就是我们的心。可也不能老站着呀，我故意转过身去望着天空。当我看到絮絮白云在入暮的苍穹下的盈盈脉络时，我一下想起了大理石。呵，尤金同志，为了中苏两国人民，让我们做块友谊的基石吧！我当时虽那么想，但并没有把话说出来。我只照俄国人一般的习惯，说了一句祝福的话："明天天气一定很好，安德烈，我祝你旅途愉快！"

　　尤金要拥抱我，我怕浑身的煤灰弄脏了他的衣服，直躲，但最后还是被他吻了面颊。此后，我看到他眼泪汪汪，一定是为了我的遭遇。但他也没有说别的，只说了一声："陆仲元，明天见！"

　　事情就这么了了。第二天，我当然也不可能去送他。分别时，虽然他说了句"明天见"，可我们心里明白，这个"明天"，不知在哪一天哪！

　　我和尤金这一天炉边的会面，只是中苏一般人民的正常感情。我们的友谊是共同为中国人民的航空事业结下的。这有什么值得非议的呢？

　　可是事隔不久，我竟被指控为"苏修间谍"，大镣大铐地收监了，说我和尤金秘密互换通信地址，并规定联络暗号。此外，唯一作为"间谍"的真凭实据，就是尤金寄给我的一封什么"密信"。据说信中尤金"指令"我把我部的航空技术装备变化情况，"及时向他汇报"。

　　我不排除尤金刺探我国军事情报的可能性。正像为了我国人民的利益，在某种情况下，我也可能做些力所能及的事。但是，在那种形势下，那样一张普通的俄国文字（有些语法还不通）要直接寄往中国，担负起间谍信件的"使命"，是难以想象的。更离奇的是，这封信居然在我的"床下发现"！

在被关押的一年半中，我曾十二次上诉（上诉本可以装订成一部书），可是每次都给打了回来。最后我还是被判处了无期徒刑。

在汉源采石场劳改时，有一次干活时我伤了背，又断了腿（后又医好）。那时正值严冬，寒冷、饥饿、伤痛，不分白天黑夜地折磨着我。我多么想死啊！有好多次我都感到我的灵魂已经飘出身躯，随着呼啸的寒风，在山谷中回荡。然而我并没有死。

寒夜里，我常常思索劫难的由来。第一桩，过失罪。我为什么会写错数据？那是我一时马虎吗，会有这个可能，为什么会马虎呢？因为那天晚上范梦亦来了，我才放下手中笔。又是倒水，又是拿烟，又去找火为他点烟……唉，我真不该分散精力去接待他。后来，那份资料我是在范梦亦走后才整理完。时已深夜，我也没有审查核对。这难道是命中注定，鬼使神差？第二桩，那封"尤金的信"，我坚信这是伪造。因为从我和尤金的接触中，我深感他为人正派，作战勇敢，在反法西斯战争中，他曾受到最高统帅部的全军通报表扬。1956年，他离开妻儿，奉命来到我国。他真诚为帮助我国建设而来。我们决不能因为一时的风云变幻，把所有的专家都看作是"坏蛋"。退一步讲，即使他也真的随之变"修"了，作为一个上校，他决不会那么愚蠢地寄什么指令信来。这肯定是对我的故意陷害。

那么陷害我的这个人是谁呢？我没有任何仇人，甚至连口角都未和别人发生过。相反我却有很多的朋友，如尤迪安、范梦亦等。尤迪安？！她为什么要害我呢？难道因为那起事故夺走了她心爱的人，而发泄她对我的愤懑和怨恨吗？不，她决不是这样的人，她不可能那么做。尽管我对她是有罪的。如果真是她，当初在法庭上她只要指控我是"有意谋害"也就够了，何必要求法庭对我从轻处理呢？

排除了尤迪安，那么就是范梦亦！他害我能捞到什么好处？当然，为了争取领导的信任，求得升官发财、光宗耀祖，不惜踏着朋友、同志的背脊往上爬，这也是一种动机。从他的为人看，他也许会这么做。可是，范梦亦不懂俄语呀？……

我以为我的生命将结束在采石场，不料后来大大出乎我的意料，1964年年底，我被宣布无罪释放，首都××航空学院派人来把我接了去。

"间谍"帽已摘，但还有"过失"罪。只能安排到图书馆工作。不过，这对我已是"来世"再生了。

关于释放的原因，人家没有说，我也不敢问。我怕人家抢白：你不是一直说自己没罪吗？

我发奋读书，在复习专业的同时，我还爱上了文学。我坎坷的遭遇，促使我去了解人生，研究人生。从此时起，我学着翻译一些外国文学著作。

1965年春节前夕，我被院领导突然找去，说是要参加一个茶话会。地点在哪里，我不知道，跟着院长上了车。当汽车在人民大会堂前停下时，我惊呆了！我一个不知名的小人物，而且又曾是有前科的人，这个礼遇我实在经受不起，当时激动得差点儿晕了过去。

　　周总理微笑着，向在座的航空专家们说："大三线的航空工业搞得不错，我看大家是爱国的嘛！希望大家继续努力，在新的一年里取得更大的成就。"

　　接着周总理炯炯的目光又四处搜寻了一阵，最后问部长："部长阁下，那个年轻人呢？"

　　部长又望望院长，"不是说来了么，人呢？"

　　院长把我从一个身材高大的老教授身后叫了出来。

　　"唔，你叫陆仲元，是我让人把你请来的。"周总理和蔼地说。

　　"谢谢周总理。"我十分笨拙地回答。

　　"不要谢。"周总理慈祥地望着我，"听说你这个陆仲元很有才华，可是这些年却受了点磨难；'事出有因，查无实据'，我们的工作有错误，向你道歉！"

　　我不由得热泪涟涟，孩子般地抽泣着："我一定……努力学习、好好工作……感谢党！"

　　"这就对了。"

　　在回学院的路上，院长才说出我被释放的经过。一年前，由于一个偶然的机会，我国驻外使馆的一个文化参赞，在外国报刊上看到一篇文章。文章说到一个叫安德烈·尤金的苏联空军上校，因对他的上司说了一句"我们停止对华援助、撕毁合同，就是对中国革命的背叛"，当即被当作斯大林分子受到立即处决。后来，我国专门人员查到这位尤金的历史，无意之中又发现了我这个"间谍"。当局认为，既然尤金的"特务"身份不存在，我这个所谓的"间谍"罪名，自然也不能成立。王存浩教授（就是在总理接见时坐在我前边的那位）从外事工作的朋友那儿得知这个消息后，三次为我上疏，因此才有了今天。

这以后，我按着向总理的保证去做。"文革"时期，我有两张王牌：一是总理点名平反；二是尤金被处决，证明我清白无辜。靠这两条我才有幸躲过劫难。

命途多舛而又残疾在身，我早已丧失了建立家庭的信心，把全部身心献给人民，这是我的得天独厚。事业上取得了一些成绩，党给了我极大的荣誉，1979年入了党，还被选为人大代表；业余的文学翻译也获了奖。我总想，自己的生命不长了，还是多干点吧！可是一年又一年，我仍然活着……

当年的尤迪安，身材修长而丰满，堪称年轻美貌。诚然，今天像她那样的女子并不少见，但在那时，在50年代的中国，则要算得上"拔如青竹，挺若玉兰"了！她那别具一格的黑中带蓝的明眸，她那东方女性笑不露齿的娴雅、文静的美，给人留下深刻的印象。从见面的第一天起，她就震撼了我的心灵。应当承认，在我们友好相处的日子里，我的心曾燃起了对她强烈的爱。但当我想到她是有夫之妇，并且和姜雄飞是那样的和谐美满时，我的理智战胜了感情，使我对她又重新回到同志的轨道上来。

后来不知何因，尤迪安突然中断了我们的友谊。尽管如此，她在我心目中始终是位崇高的女性。不管过去，还是现在，当我回忆起她的时候，总是带着仰慕。那天，在八千米的高空，在温暖、恬静的机舱里，我从乘务员姜妮身上，首先看到的就是姜、尤夫妇那种融为一体的美。

那么，今天的尤迪安该是什么样子呢？十一楼餐厅就在离我的八号房间不远的拐角处，尽管相距只有二十来米，我还是早早来到餐厅。为了能及时看到她，我选择靠门口的一张餐桌，点了几样尤迪安过去爱吃的菜，并告诉服务员待一会儿再上。然后要了一瓶甜酒，自己坐下独斟独酌。

二十四年前，我把生死离别的痛苦，加在她的身上，已是悔恨交加，无地自容。今天，我何以有脸再见她？在我当锅炉工的那些日子里，每当看到尤迪安来冲开水我总是蹲下，真希望自己能变成一块煤，跳进炉膛，在燃烧中毁灭那"黑"的自我！一直要等她走远了，我才慢慢抬起头来。我多么想对她说一声："小尤，我实在对不起你！"可我的喉头总是哽噎着，泪水模糊了我的双眼……

当然，我这种愧疚之情也不是毫无办法表露，不过不是直接，而是通过范梦亦。我送她什么呢？钱，那是对英雄的亵渎！衣，实在庸俗！最后我想到了一件能表达的理想之物——

白手套。

"一双白手套，这算什么呀？"范梦亦鄙夷地咧咧嘴。

"你先别管，帮我交给她吧，我求求你，老范！"

我寻思，你范梦亦不懂，别人也不懂吗？

"那好吧。"范梦亦终于把手套接了过去。

可是半个月之后，我却在垃圾堆里发现了那双绣有"愧"字的手套！我气得大哭了一场，把那双手套洗净，晒干，利用到卫生院（50年代师一级部队小医院的别称）看病的机会，悄悄塞入尤迪安的挎包。

二十多个春秋过去了。如今，尤迪安已是范梦亦的妻子，那双手套——还会存在么？

餐厅里已是闹哄哄的了。进餐的人或是成双成对，或是三三五五，唯独我是孤身一个。我还在等着，等着。

对面电报大楼上的大钟敲响了八点，我真的失望了！正无所措，忽见弹簧门轻轻一推，一位端庄娴雅的中年妇女，落落大方地走了进来。她略一扫视，便朝我走来。那目光是多么熟悉啊！我似傻若呆，僵直地站立起来，不知说什么好。最后，只吐出一句十分普通的话："你坐。"

"谢谢！"尤迪安微微一笑。看得出，她的微笑带着苦涩和辛酸。

一双柳叶眉仍在她白皙的额下。毋庸细说，那额头、那鬓角、那两颊，已不似当年风采，已不那样平滑和光润了。罪过呀，如不是由于我的过失，她至少要比现在年轻得多。她今年才四十六岁，应是风韵犹存啊。

她默默坐下，立即从提包中拿出一双由白变黄的手套。看到那双手套，我的心一阵猛烈地抽搐。

"这是你的吧，陆仲元同志？"

"是……是的。很对不起……"

"时光已经流逝这许多年了，那些话就别，别再多说了吧。"

"感谢你的宽宏大量！只是我心里实在过意不去！"

"那时我就猜到你送我这双'白'手套的含义——是说你陆仲元'白'长一双手，这双手没有为党和人民做什么贡献，反而带来巨大损失，是吗？"

"完全对。"

这其实是肺腑之言！

尤迪安莞尔一笑："你这人够古怪了。若是别人，又怎能知道你的用心良苦？"

"大千世界，未必都是浑浑噩噩（我指范梦亦），心照不宣者大有人在！"

她的脸唰地红了，我自知言语有失，尴尬地侧过身去。

停了一会儿，只听她说："其实完全没有那个必要，因为无论当年的陆仲元，还是今天的纪飞，都用他的言行证明了他的拳拳之心。"

"不过，对你——我是永世的罪人。"

"这个'罪人'到底是谁，还很难说。即使是由于你的一时疏忽造成了雄飞的牺牲，那今天的尤迪安还能要你怎么样呢？你不是已经以你的贡献，补回往日的'罪过'了么？"

她这话是什么意思？——"罪人到底是谁还很难说……即使是你……"难道二十四年前的飞机失事，至今还令人生疑吗？……我本当接着把话说下去，可是考虑范梦亦如今已是她的丈夫，只好打住，改口说："这么说，你原谅了我？"

"但这绝不是因为你那只手提箱里的红绸包！"她正言厉色地说，"想不到你这个当代的科学家、翻译家，做事竟像一个孩童！你真以为心灵的伤疤，是用金钱能抹得去的么？"

我们两人的眼里都含着泪花……

沉默了一阵，尤迪安强作笑颜："哦，仲元，我们谈谈别的吧。"

"哎呀，你看——还没上菜呢！"

我招呼服务员上了菜，然后对尤迪安说：

"请，不成敬意。就算是对二十多年前你那顿牛肉饺子的回报吧！"

"你没忘？"

"忘不了，永远忘不了。我们的故事是从牛肉饺子开始的。可这两餐整整隔了一代人啊！"

"你能认出我的女儿，真是好眼力。"

"我的眼睛很平常。主要是我脑子里有你这个'原型'。"尤迪安会意地笑了。

"老陆，你的'家'——在北京吧？"

"也可以这样说。不过，是一人吃饱，全家不饿。"

"怎么，你还没有成家？"

"已经没那个必要了。"我垂下了头。

尤迪安异样地望着我，"仲元，这些年——你都是怎么过来的啊？"说着，她忍不住落泪了。

往下，我简述了坎坷的经历。尽管我特意从中剔除了对范梦亦的疑惑部分，但她听了之后，仍不免皱眉头。

尤迪安对她自己只字未提，我当然也想详细知道她的现在，可她既然不说，我又怎能追问。但有一点可以断定，她同范梦亦的结合并不幸福。

末了，尤迪安向我提出：希望我暂不要离开C城，过一段时间——最多十天，她还要来找我。

我应允了。但我不明白：那笔钱既已退还，还有什么事要找我呢？

当尤迪安转身走出餐厅的门，我才看到还有便装的她的女婿杨达相随。杨达向我善意地点点头，跟着也走出了餐厅。

12.范梦亦

雾蒙蒙中的夕阳像个铜盆，没有光焰，没有热力，冷冷地向下沉着。黄昏的暮霭，在大地上游荡。

对我范梦亦来说，可能不再会有黎明。可这又有什么！月黑风高，不同样也是人生么？我范梦亦算老几，为何一定非要当正人君子？我向来不信那些被人奉若神明的陈腐教条。依我看，人类社会的历史，只能是一部斗争史。国家和国家、阶级和阶级、政党和政党及人与人之间各种方式的残酷斗争，无一不是为了自己的生存。弱肉强食的规律，在人类社会较之其他生物界，尤为盛行。今天，我们赖以生存的社会已是一个"处方"的社会；人们需要处方，但，又有哪一部处方能包医百病呢？范某不才，却有幸识破天机。

13.尤迪安

杨达已经陪我两天，加之明天他有飞行任务。因此，在离开饭店之后，我就要他回机场去了。

在陆仲元面前，我竭力控制自己。现在，我一个人，眼泪可以尽情抛洒了。我昏昏沉沉地躺在床上，静静回忆着往事——呵，我与姜雄飞的恩爱，对小姜妮的柔弱，受范梦亦的欺凌，听陆仲元的遭遇……人生啊，你就是这般的扑朔迷离么！

当年试飞事故发生之后，我对陆仲元的确非常怨恨。但冷静一想，他的错误不过是构成飞机失事的四个因素之一。全怪他是不公平的。然而，范梦亦则竭力撺掇我说，"这是陆仲元的有意陷害"。我不能同意这种看法。实事求是地说，陆仲元不是那种人，也绝不可能干出什么"有意"的事来。我不能随便置人于死地。对他的处理，我知道我的话是举足轻重的，由于当时我坚持了自己的看法，陆仲元才被定为过失犯罪。

范梦亦对陆仲元恶意的中伤，最初我以为他一是出于嫉妒，二是为了讨好于我，也就没多介意。可再婚之后，我发现他每每说及当年，总是按捺不住私心窃喜。我常想，他这个人对朋友怎么那么"淡"？不管雄飞，还是仲元出了那件事，都是我们大家的不幸，怎么那样看待？正是由于他的这种自私狂热、欲盖弥彰才使我逐渐产生这样一个想法：当年是否就是他在玩弄权术，阴谋杀人呢？

从陆仲元对过去细节的回忆来看，可以这么设想：趁陆仲元忙于招待，在倒开水、找火柴之际，范梦亦就顺手拿起笔来，把"1"改为"4"……这既容易，又不露痕迹。

我的这样推理，不仅因为范梦亦具备作案条件，还因为他具备作案动机。对范梦亦这个人的认识，我经历了一个由表及里的漫长过程。由于雄飞和他的亲近和友谊，最初我结识这位矮胖、敦实的"剧作家"时，认为他性格开朗，待人热情，很愿意和他接触。那时，他刚丧妻，又有一个男孩范超，友谊加上同情，我对他真是尽力相助。但是后来，我感到他"热情"的背后似乎还藏匿着什么；加上我对他逐渐暴露出的华而不实和傲慢自负的反感，见面时自然也就冷淡了许多。恰在这时，陆仲元来到家中做客。因此，嫉恨情感转移的种子，那时就已种下。

雄飞遇难后，我处在失去丈夫的极大悲哀中，感情上需要安慰。范梦亦正是借助这种形势，时常出现在我家。对朋友的同情和关怀，我自然不会怠慢。这对他本不难理解，但他却硬把我这种正常的表现，看作是对他有了"意思"。接二连三地送东西上门，还故意扩大影响，好逼我就范。为了摆脱他死乞白赖的纠缠，我曾多次对他郑重宣布："我有雄飞的抚恤金。再说，我已晋升中尉，经济上很宽裕，我不需要任何人的援助。"这等于说，我不准备嫁人，更没有看中你范梦亦；可是他仍死缠不放。

一天晚上，礼堂放映香港影片《新寡》。为了某种避讳，我没有去看，早早就睡了。忽然天上风雨骤起，我开灯起来关窗，这时恰好有人敲门，我开门一看，原来是范梦亦。

"范主任（那时他已由宣传科科长晋升政治部副主任），这么晚了，你有什么事？"

"哦，我的肚子……有些疼，这么大雨，卫生院又远，我想找你——看有没有应急的药。"

"进来吧。"我相信了他的话。

他带着一股冷风进来，顺手把门关上，离题地说："小尤，今天的电影——为何不看？"

"你哪儿不舒服？"我拒绝回答他的问话。

"嘻嘻……干吗那么急，难道——你就不想同我说点别的？"

"如果没病，我希望你离开！"

"好，好！"他收敛了笑容，一本正经地说，"开始常常是胃疼，老毛病犯了，这个你清楚；最近，忽然疼区向右下方移……"他边说边指着自己隆起的肚子。

"有可能是阑尾炎，如果不要紧，请你明天去卫生院检查。"

"我明天有个重要会议，你看，能否先检查一下？"

从职业道德出发，我作为一个医生，对病人是不许带任何个人感情的。更何况，站在我面前的是一个地位显赫的师级干部！

"那好吧，请你躺下，把衣服解开。"

他躺在我的床上，我俯身为他检查。突然，他抓住我的手……

"无耻！"我怒不可遏地正要抽回自己的手，没想到他猛然抱住了我。尽管我尽力反抗，最后由于雄飞死后我身体非常虚弱，所以终于未能逃脱他的蹂躏。

事后，我只有哭泣；范梦亦却笑着恬不知耻地说："姜雄飞和陆仲元都去了，你当然属于我了。"

我后来嫁给范梦亦，实属一个柔弱女子的万般无奈；因为我堵不住别人的嘴，更不想让人说东道西。为了名誉、为了姜妮，我只得忍辱含垢。

在享受欲望的支配下，范梦亦什么坏事都干得出来。这一点决不会由于他地位的升高而丝毫有所改变。这就是我对他的结论。

陆仲元的"苏修间谍"案，我只是从范梦亦那里听说的，因为此案件当时并不公开审理。现在看来，那封尤金的来信，十有八九也是他范梦亦的伪造。我至今清楚记得：陆仲元送我手套前后，范梦亦也曾煞有介事地学过一阵俄语。开始，他尽让我教他一些航空术语和单词，我纳闷地问："你学这些有什么用？"他回答："放心吧，我绝不会步陆仲元的后尘。"……这或许就是他一箭双雕之后的落井下石吧！

如果我以上的推理可以成立的话，范梦亦道德败坏、生活腐化的新账不算，单凭历史上这两件故意杀人、陷害的犯罪行为，就已是一个十恶不赦的罪犯！

我刚才向陆仲元要了十天时间，究竟要干什么，并没有一个清醒的认识。现在，已经非常明白：查明真凶，将那个欺世盗名、藏匿了二十多年的杀人犯绳之以法，为亲人雄飞报仇，为同志仲元雪耻！

想到这里，我热血沸腾。于是，我翻身起床，匆匆向青云饭店走去。

14.陆仲元

从餐厅回来，我房间的门敞开着。借助走廊的灯光，我隐约看到有个人站在外间的写字台上，正高伸着两手在摆弄什么。天哪，这是怎么回事？

"您房间的电灯坏了。"

从黑暗里传来的声音，仿佛也是黑的，我不能不问清楚："请问，你是——？"

"电工。我正在为您修理：请暂不要揿动开关。"

既是"电工"，总是本店服务人员。可是，在我离开房间之前，电灯并无异常，怎么一瞬间就坏了？尽管我在疑虑，还是向他表示了应有的歉意："麻烦你了。这么晚，很对不起。"

那人若明若暗地亮着电筒，"没……没什么，请稍候，很快就好。"

奇怪，这声音，我怎么耳熟？我点上一支香烟，坐在沙发里，努力思索着。

"好啦。"

那人从写字台上跳下。他怎么没有工作梯，动作又是那么笨重？我的直觉加大了我的惑疑。

"你是谁？"

那人走到门边，在关门的同时他开了灯：

"哈哈，不认识啦？"

"范梦亦——是你！"

"我这样出现，你感到意外吧？"

"普通电工的衣服穿在你的身上，令我想到马戏班里的小丑，不知老兄此行到底扮演的是什么角色？"

"在'胜利'者面前，我当然只能是一名小丑。不过，请放心，很快就会把戏演完了。"

范梦亦摇晃着圆亮的脑袋，他在狞笑，来者不善，我正想发作，但为了尤迪安，我不想把事态扩大，决定暂时避让。

"一部晦涩的'故事片'，我不想浪费时间。"我说。

"最好把它演完，因为——没有最后一幕，终究是令人遗憾的。"

"不过我提醒你：中国人喜欢大团圆！"

"不，悲剧——有时也讨人喜欢。看到了吧，你面前茶几上的那个美神'维纳斯',她就要送你上'西天'！"

这时，我才真的发现面前多了一个石膏的维纳斯像，还有一根电线同它相连。卑鄙！原来刚才他是在连接爆炸电源。

"用雕像杀人，这是你的'版权'？"

"雕虫小技耳，完全出之于一个偶然的灵感。'文革'中我从红卫兵手中得到它，最初是作为艺术品收藏的，最近我发现它还有别的用途，于是就在它肚子里塞上'TNT'（黄色炸药），又装上引爆装置……今日特地拿来送你。"

"智者千虑，必有一失。请教范兄：这'三硝基甲苯'能放过你吗？"

"这完全不必担心，我按动手中的开关之后，爆炸装置的双金属片，五秒钟后才能自动接通爆炸电路。这段时间我完全可以从容离开，而你——是出不了这屋子的！"

"你画了一幅非常恐怖的图画，可惜，我对死并不畏惧！想我陆仲元那样的出身，能有今天，也就知足了！只是你。怕最终逃脱不了历史对你的审判！"

"陆兄的'大义凛然'，令小弟着实敬畏，可悲、可怜！"

"开始吧，希望你的手别发抖！"

不知是由于我那一声叫喊，还是命运的安排，恰在这时，门被推开，尤迪安走了进来。

"迪安，快离开！——他……他……"我一时紧张，竟说不出话来。

范梦亦乘机把门关好，并守在门边：

"这就不必了。二缺一，没有女主人公，这出戏不能进入高潮呀！"

尤迪安沉静地坐在我旁边的沙发上，"这话有理——"她面向范梦亦，"导演，我看就开始吧！"

"别忙，"范梦亦得意地说，"在送你们双双到'极乐'世界之前，我想让你们明白两件事：一是我当年用陆仲元那支笔害死了姜雄飞。二是用尤迪安教我的俄语坑害了陆仲元。至于为什么——"他看了一眼尤迪安，"大家都明白，无须我多说了。"

我气得浑身颤抖着："范梦亦，我错把你看作一个'人'了！"

"人，什么人？原始人还是现代人？陆仲元，你怎么至死不开窍，难道现在你还不明白现代人和原始人相比，在'残忍'的本性方面，并不逊色吗？"

"饕餮和享乐同宗同源，勤劳与文明并行不悖，我坚信人类社会的'世态炎凉'，终有一天会不复存在！"

尤迪安接上说："应该把你范梦亦关进动物园的笼子，还得想法别让你死去，要不，将来人就不知道什么是'丑恶'！"

"好哇，一唱一和，那我——可就成全你们啦！"

范梦亦说完后，就把手中的爆炸开关狠命一捏，猛地打开门向外冲去……

15.吴克非

我们早在门外等候多时，待范梦亦一出来，我就对他说：

"何必慌张，你那个'维纳斯'炸不了：它的引爆装置的重要部件——'双金属片'在这儿呢！"

范梦亦一听，立刻瘫软了。

"范梦亦，你已构成'蓄意杀人'罪，这是逮捕证，签字！"

这时，早被安排在八号房间内室里的小王、小李，手提录像机走出来向我报告说："吴队长，遵照你的命令，已把罪犯的犯罪活动全都录像了。"

"范梦亦，你还有什么可说！"

范梦亦乖乖地在逮捕证上签了字。当我把一副锃亮的手铐给他戴上时，他回过头来对陆仲元说："真是：愚者千失，必有一得啊！……"

"带走！"

罪犯被押走之后，我转身紧握陆仲元的手，"陆老，您受惊了！"

"真想不到……太谢谢你们了！"陆仲元激动得抹着眼泪。

尤迪安笑着对陆仲元说："我进门，是依令行事，可你不知道。说也巧，我二进青云楼，是想找你，不料碰上了吴队长他们。"

"吴队长，那你们又是——?"

陆仲元、尤迪安和饭店在场的同志都不解地望着我。

"同志们，这要归功于范超和杨达——"

我发现范超不在，这才想起，他随部分同志到"乙"作案地去了，我问小李："罪犯归案的消息，告诉乙组的同志了吗?"

"已用报话机通知他们了。"

"用我的车，快去把范超接来！"

16.范超

自从我的工作服被他拿走之后，我就意识到他有可能搞什么名堂。最近，我一直都在监视他。今天下午四点，乘他上街的机会（最后证明是买电线），我仔细观看了他足足摆弄了一个小时之久的维纳斯雕像，根据他手抄的爆炸物说明（不知此物从何而来），我悄悄拆去了爆炸的核心装置，然后又原封不动放还原处。接着，我到公安局，报告了情况，又赶快返回家中继续监视他的行动。天黑之前，他把全部作案工具一齐装进挎包，便溜了出来。在这之前，吴队长根据杨达和设计院提供的可疑情况，对他已有所防范。吴队长为他设想了甲、乙两个作案对象，我们立即兵分两路。一路，由吴队长率领，来青云饭店保护陆叔叔；二路由刘副队长率领，到医院尤姨住处。后来尤姨重返青云饭店，刘副队长就让我和另一同志留在原地监视。十点四十五分，我们得知他已被逮捕归案了。

范梦亦虽是我的生身父亲，但他的所作所为，实为法律所不容，我坚决要求以事实为依据，以法律为准绳，给他以严惩！

月下客

1

也许是由于那花朵大而多，其观赏价值在别的花卉之上；也许是由于那花朵天生玉洁冰清，并带着女儿般的馨香。不知从什么时候起，胡秋涛就对玉兰花产生了特别的兴趣。

四月份的最后一周，胡秋涛的玉兰花几乎凋落殆尽，只有办公室窗外枝叶繁茂的绿色丛中还有最后的三朵。这天，胡秋涛正怀着无名的愁绪，注视那三朵残花。忽然，笃笃两下敲门声打断了他的沉思，他慌忙正衣端坐：

"请进。"

干事小吴推门进来：

"胡处长，一位从上海来的女同志，要求见你。"

"上海来的？请她进来。"

来人是一位二十多岁的姑娘。一顶太阳帽低扣在头顶，似乎有意遮住她的面孔；紧身的T恤衫上那黑白相间的抽象派图案和那紧绷的牛仔裤，都表示她是一位新潮派女性。

"请坐。"胡秋涛虽然语气平平，但目光却充满了诧异。

"谢谢。"

姑娘在沙发上坐定，伸手取下太阳帽，正眼打量了一下胡秋涛，略一踌躇：

"很抱歉，本不该来打扰你，可我——还是来了。"

"不必客气，有什么事，请直说。"

她没有立即说明来意，只是以一种逼人的目光望着胡秋涛。胡秋涛疑惑不解，眼前这位姑娘似乎哪里见过！对了，那俊秀脸庞上的五官位置，尤其是那一双大得有失比例的耳朵……这形象似乎许多年前就已经镌刻在自己的脑海里了。

良久，她终于说出了来意：

"我想向胡处长打听一个人。"

"哦？"

"更准确地说，应该是寻找一个人。"

"什么人呢？"

"嗯——二十三年前027三线指挥部的一个秘书……"

胡秋涛情不自禁地站了起来："他叫什么名字？"

"胡大贵。"

"什么，胡——大——贵？"

胡秋涛表现出异常的震惊，问道：

"你找他有什么事？"

"他是我的……叔叔。"

"哦！你是……"

"我叫于黛琴，今年二十三岁，是A市美术学院四年级的学生，我是借来这里实习的机会找他的。"说罢，她从手提包中拿出学生证放在他面前。

胡秋涛瞪大两眼，做了一番仔细验证之后，又把学生证还给她："我说于黛琴同志，我是在你说的那个单位工作过，可那是很久以前的事了。对你那位叔叔我一点也回忆不起，也许我们所在的时间不同，我看你最好还是向别人去打听。"

姑娘刚露出的笑容立刻消失了。她红涨着脸："该不是有意推脱？你刚才问我找他有什么事，表明你知道这个人。"

"照一般逻辑推理，也许是这样。可是，我所知道的胡大贵并不曾有过你这么一个侄女。"

"我的话也许存在某些破绽，因为世界上有些事一时很难说清楚。"

"不必了。如有必要可以通过组织上了解嘛。"

"当然，那也许要简单得多。但出于某种原因，我不情愿！"

"那好吧，约个时间到我家中去谈吧。"胡秋涛终于软了下来。

2

其实，痴爱玉兰花只不过是胡秋涛生活上的一种癖好，他还有许多长处，办事干练、为人谦和、作风正派，这些早为大家所公认。最近，要选配新的司局级领导班子，胡秋涛就是呼声较高的人选之一。身为处长，素无劣迹，又有"大学"

头衔，刚才常委扩大会上，有人提到他的名字，这本在意料之中。可是一想到昨天那位突然来访的姑娘，他的心又怦怦地跳个不停，不知命运之神将为他的今后安排下什么。

五十年的岁月已在他的头上布下缕缕银丝，眼角的皱纹也越来越深，唯一没变的是那硕大的耳朵。当年同事们曾叫他"大耳胡"，他毫不介意，因为孩提时他就听人说过：耳大，乃福相也。从胡秋涛走过的人生道路来看，也许与那个"福耳"有关。

他是一个北方山村的孩子，家境并不好。中学一毕业，父亲说啥再也不让他继续念书了，非要他学习木匠手艺不可。谁知，一个月后，他瞒着父亲报名参军了。

人民解放军沸腾的军营生活使得胡秋涛如鱼得水。他勤奋、聪明，没几年，便由战士、排长升为连长。之后不久，又被选入军校深造。20世纪60年代里，根据需要，他转业到027三线指挥部工作……

走廊的钟声敲响了七下，胡秋涛这才懒懒地站起身来准备回家。他的心仍处在忐忑不安之中，这个于黛琴到底是谁？为什么偏偏在这个时候来找"胡大贵"？天哪，难道真会是她！此时，胡秋涛在惧怕之中又产生了一种急切的渴望，恨不能马上见到于黛琴。

胡秋涛的家坐落在南江之畔，环境优美，可谓享受晚年的理想之地。胡秋涛的妻子柯如芝在省经济研究所工作，改革时期的忙人，目前正在深圳考察。儿子胡令飞，本市大学哲学系的高才生，前不久刚接到出国留学的通知，可以说这是一个幸福美满的家庭。

胡秋涛一回到家，就立刻感到一种少有的欢乐气氛：桌上摆着丰盛的晚餐，屋子里飘着酒香，空气里振荡着"迪斯科"音乐。他刚一站定，儿子胡令飞和一个穿花柔姿衫的年轻姑娘便迎了出来。

"爸，来客人了。"胡令飞指指那姑娘。

胡秋涛看清楚那正是于黛琴，于是说："小于姑娘，你真的来了，欢迎，欢迎！"

"给你添麻烦了，很对不起。"

"哪里，哪里，来，认识一下。这是我的儿子胡令飞……"

"爸，我们已经认识了，"胡令飞笑着说，"这晚餐还有她的一份功劳呢！"

"哦！社交方面的快节奏，这正是你们80年代青年人的典型性格。"

的确是这样，下午五时，胡令飞由学校回来，正准备做晚饭，于黛琴便闯了进来，没有怯懦，没有彷徨，就像回到自己家里那样，径直走进客厅。她向他说明是他父亲约她来的。胡令飞当即走向厨房，设法招待客人，姑娘主动提出帮忙，于是他们一边忙碌，一边交谈。交谈中姑娘又说出了自己是父亲老战友的女儿，胡令飞对此深信不疑。

现在，三人一起坐下吃饭。吃饭时，姑娘却很少说话；胡秋涛尽管脸上带着笑，但总有些不大自然。胡令飞隐约地觉得这姑娘的突然来访，一定有些什么"背景"。

饭后，胡秋涛说："令飞，晚上有什么活动，就忙你的去吧！"这分明是有意支开他，尽管胡令飞心中更加疑虑，但也不能不照顾父亲的面子，便离开了家。

3

胡秋涛仰坐在黑褐色沙发的中央，两眼望着天花板上那盏新装的五臂吊灯，手指悠闲地在翘起的膝盖上轻轻敲动，但他的耳朵在注意听于黛琴吐出的每一个字。

"这是件难以启齿的事，既然非得说，我只好照实说了。"于黛琴低声缓缓说道，"我的父亲叫于向东——对他，想必你不生疏吧？"

"你真是……他的女儿？"胡秋涛的身子坐直了。

于黛琴抬起头来，微微晃动了一下浓密的长发，"再仔细瞧瞧我，这模样恐怕错不了！"

于黛琴利箭般的目光直射胡秋涛的心窝，他不敢正视她的目光，低下头去，结结巴巴地问："你……你的父亲……他……如今可好？"

"他一年前就病故了。怎么，你真的不知道？连报纸上登的讣告也未看？"

"确实不知道。"

"那好，我放一段录音给你听听，这是他临终前和我的一段对话。"说着她从手提包里取出一个袖珍录音机，用手指一按——

　　"琴琴，爸就你这么一个女儿，你知道，我是非常……非常……爱你的。但我对你的爱并不自私，我是共产党员，应实事求是……"

　　"爸爸，你到底要说啥？"

　　"抗日战争初期，在一次战斗中我负伤致残，丧失了生育机能，不可能再过夫妻生活，你不是我亲生的，是你妈妈和——"

　　"爸，这不可能……"

　　"我从不讲假话，孩子，这是真的！你妈妈比我小二十一岁，我们的婚事，我本不同意，是一个不了解内情的手下人代为操办的。我的过错在于不好意思开口，事先没讲清楚。唉，这苦了你妈一辈子。我后来曾多次劝她同我离婚，可她执意不肯，还苦苦求我永远不把这件事告诉别人。在她看来，这是非常羞辱的，而我—— 一点没怪她，也没憎恨那个小伙子。本来，我们的婚姻就不能成立！"

　　"他是谁？"

　　"……那时，我在027三线指挥部，他是……一个……秘书，一个我挺喜欢的……小同乡。"

　　"他叫什么？"

　　"叫……大贵、姓胡。"

　　"他在哪里？你快说呀，爸爸——"

　　往下，就只有于黛琴悲切的哭喊。

　　于黛琴关闭了录音机。

胡秋涛额上冒出粒粒汗珠，他异常紧张地来回走动着。停了一会儿，他问："后来呢？关于'胡大贵'，于副指挥又说了些什么？"

"同我说了以上的那些话，他就永远地闭上了双眼。我又不是小孩子，对这件不光彩的事，我当然不会到处张扬。今年年初，一个偶然的机会，我听说贵单位有位姓胡的处长，当年在027工作过，所以就找了来。"

"我不是胡大贵，尽管我也姓胡，我履历表上的名字叫胡秋涛。"

"我也没那么说。我只是要你帮我找到胡大贵。仅此而已！"

"这不难。我可以告诉你：他不仅依然健在，而且就在本市。"

"我想也是这样。"

"不过——他是否愿意见你还很难说。等我向他说明情况，再通知你，如何？"

"来这里的同学都已回去了，我也不可能在此久留，一切都拜托了！"

"我留下你的住址。"

"春江饭店410房间。"

于黛琴告辞了出来，天上下起了淅淅沥沥的细雨，然而她全然不知。直到雨水弄湿了她的衣衫，感到浑身的凉意，这才稍稍加快了脚步。忽然，背后追上来一个人，于黛琴回头一看：

"胡令飞，是你！"

"我来送送你，这是家父的命令。"

"那我谢谁呢？你，还是你爸？"

"当然是我爸。你是他请亲的客人嘛。"

"不，我偏不！"

胡令飞注意到于黛琴那张阴沉的脸，便问："小于，你同我爸都谈了些什么？我回到家时看到他正难过地抹眼泪。"

"是吗？这么说，他还挺善良！"

"你有所不知，我爸这个人，外表上看是很严峻、冷漠，其实感情脆弱，容易激动。有时连我也不明白，他那样年龄和身份的人，怎么会……记得几年前我攀摘了一束他养的红玉兰……"

"你说什么，红玉兰？"于黛琴注意地问。

"是呀，一种木本花，春天开，怎么，你没见过？"

"不，你往下说吧。"

"他打了我一巴掌不算，自己还伤心地哭了一场。"

"红玉兰，红玉兰……"于黛琴喃喃自语，泪水含着雨水一起簌簌下落。

"怎么啦？难道这'红玉兰'有什么奥秘？"

于黛琴捂着脸迅跑而去。胡令飞茫然如坠五里雾中。

4

两天以后，于黛琴接到胡秋涛打来的电话，约她晚上八点半到"星星餐馆"同胡大贵见面。

"星星餐馆"陈设讲究，只是位置偏僻了些，于黛琴边走边问，一路找来，已是九点过了，胡秋涛正在门口等她。

于黛琴跟着胡秋涛来至内设的雅座，没有其他人，但桌上摆着三套餐具。于黛琴不觉好笑，这老头在耍什么把戏！

坐定之后，胡秋涛开始为于黛琴斟酒。

"别，我只喝甜酒！"于黛琴说。

"这是我特意为你买的，名酒呀！你爸当年最爱喝了。"

"胡伯，当年你同我爸很熟吗？"

"他是我的上级，我的恩师，我从他那儿得到许多教诲……我不仅认识你爸，还认识你妈妈呢！"

"当真？"

"她年轻貌美，气度不凡，是音乐学院声乐系的高才生，只可惜……后来被剥夺了上舞台的权利……"

胡秋涛说着一口喝干一杯酒。于黛琴看到他的眼睛红红的，于是赶忙拿起酒杯："好，我喝。来，为你们当年的友谊干杯！"

"干杯！"

胡秋涛尴尬地抹去眼角的泪水，"请莫见笑，我这个人不会控制感情……"

"正相反，我喜欢真实。装模作样倒会令人生厌！"

"你说我虚假？"

"胡大贵——我的生父在哪儿？今天不是让我来会面的么？"

"他……他刚才……"

"他刚才还在，现在又走了，是不是？胡伯，你该不是捉弄我吧！"

于黛琴站起来就要走，胡秋涛一把把她拉住。

"请坐下，有话慢慢说。"

"有什么好说的！看来他是铁石心肠……"

"你应该体谅，他也有为难之处。你想过吗，如果认下你这个亲生女儿，对他意味着什么？意味着他的毁灭呀！骨肉之情，人皆有之，他又何尝不想认你！只是在做出重大抉择之前，应该给他一定的时间……再说，有些情况，他还有待切实弄清。"

"还有什么要弄清？难道非要我说出那桩丑事的细节来吗？如果对我说过的话，至今仍有什么疑问，那么请看——"于黛琴又打开了她随身的白色手提包，"这里有当年胡大贵和我母亲的合影，这难道还不足以证明吗？"

在于黛琴的进攻面前，胡秋涛头上冒出虚汗，双手在微微颤抖。于黛琴仍步步紧逼："如果还不放心，请把他的照片和我的模样对照一下，有必要还可以化验血型……"

"能……宽限……几天吗？"

"请转告胡大贵，我给他最后三天时间考虑，如果到时还不认我，我就将这一切公之于世！"

"好……好吧……"

5

两天来，于黛琴一直待在旅馆里，哪儿都没去，唯一重要的使命就是静守电话。眼看到了第三天，胡秋涛那里什么音信也没有。下午，于黛琴忍不住了，给胡秋涛的单位打了个电话，回答她的是那天见过的干事小吴。他说胡处长这两天因病未来上班。她无精打采地把听筒放回电话机上，我该怎么办呢？她突然眼睛一亮，想起了一个主意。

胡秋涛的确病了，但这病主要是心理上的，对面前出现的亲生女儿，想认又不敢认的苦恼折磨着他，他老是下不了决心。突然电话响了，他走过去抓起听筒，电话里响起了于黛琴的声音：

"……我知道这两天你病了，我不怪你。我要告诉你的是：我妈妈来了……"

"你妈妈！玉兰她……"

"她是接到我的电报后专程赶来的。我想，既然胡大贵在，那最好由他们自己去谈，你说呢？"

"当……当然……"

"我妈妈想尽快见到他，能否尽快安排他们见面？"

"好的，我就……去……"

胡秋涛心里说不出是一种什么滋味，啊，那个令人惧怕、令人难堪，同时又是盼望已久的苦涩与甘甜交融的时刻，终于来到了！

夜，万籁俱寂，只有淡雾伴着月光。江面上荧光闪烁，堤岸上飘着花香，一切都是那样神秘、奇妙。从远远的花丛后面传来了歌声，这歌声勾起了胡秋涛的回忆，那不正是她的声音吗？他的心剧烈地跳个不停。

　　花丛后面的石凳上空空的，一个人也没有。他又穿过浓荫蔽遮的小竹林，来到月光斑驳的葡萄架下。啊，看到了，那不就是三十多年来一直萦怀在心头的"她"么？

　　"玉兰！玉兰……你好，没想到你的歌还是唱得这么好。"

　　"是大贵么？你就站在那里，别走近我。"

　　"见到我，你很害怕？"

　　"不，我非常高兴。你好像一点没变，还像先前一样。"

　　"我老了，你才没变。"

　　"是吗？"

　　"是的，不仅身段、发型，就连这连衣裙，也和当年一模一样。"

　　她微微笑了笑："记得吧？这件苏式'布拉吉'还是你给我买的呢！这些年我一直没穿，今天……"

　　"唉，我……我……对不住你！"

　　"别这么说，中断一切往来是我做出的决定，这——不能怪你。"

　　"只是……害了你，还有我们的琴琴。"

　　"琴琴什么也不知道。"

　　"不，她现在全知道了，老于临终前把一切都告诉了她，她来找过我。"

　　"那么，你认她了？"

　　"还没有。不过，我似乎别无选择。"

"你后悔了？"

"不，我只是觉得如果当初我们两个当中的任何一个，要是稍稍勇敢一些的话，也许就不会有今天的悲剧。"

"你说是悲剧？"

"我不明白，你那么年轻，为什么不再结婚呢？"

"我不想欺骗自己。因为我心中只有你。"

"你当初真不该把柯如芝介绍给我。"

"那时我已怀上琴琴，不这样怎么办？"

"今后怎么办？我不愿再做一个虚假的人。"

"这话我很高兴。关于琴琴的事，你如何向如芝、令飞讲呢？"

"似乎只有把真实留给他们……"

"那好，你可以过来了，你看看我是谁？"

胡秋涛迈了一步："怎么，你不是玉兰？！"

"我是琴琴，"于黛琴说，"妈妈早就去世了……"

"你说什么？玉兰她……她死了？"

"死了十几年了。"

"不，不，不，这不是真的……"胡秋涛用手猛捶自己的脑袋，然后转身失神落魄地边走边念，"玉兰，玉兰……"

6

胡令飞一觉醒来，发现父亲不在，正奇怪，一位邻居敲门进来，神色慌张地说："你快去看看吧，在南江公园的葡萄架上吊死一个人，看样子很像你爸爸……"

胡令飞立刻飞跑出门，到了公园的葡萄架下，见围了许多人。他冲了过去，推开众人，一下子看清了，死者正是他的父亲胡秋涛！

此刻的胡秋涛衣着整齐，胸前的衣袋里还插着一枝红玉兰花。他双腿微屈，像是站在那里，一条黑领带在他脖子上绕了两圈，然后死死拴在高度不到两米的葡萄架上。脚旁有几块蹬倒的砖头。他似乎不太痛苦，双目微睁，像在凝视初升的太阳。

"爸爸呀，这到底是为了什么……"胡令飞悲痛欲绝地哭倒在胡秋涛的脚下。

法医认定胡秋涛死亡的时间是在六到八个小时之前。据胡秋涛所在单位反映，头天下午五时左右，有个女人打电话找他，因为是星期天，就把电话转到了他的家里。

胡秋涛之死，初步认定是自杀，但对于黛琴，仍要进行一番调查。

"于黛琴，据我们所知，你和胡秋涛接触了几次，你和他是什么关系？"

"他是我的生身父亲。"

"有什么证据能说明这一点？"

于黛琴把自己的手提包交给刑警，"这里有些材料，还有一盘磁带，你们可以听听。"

"可是，据说你是找一个叫胡大贵的人？"

"大贵——是他以前的名字，'文革'时大概是怕人说是

'四旧'，就改了现在的名字。"

"你是怎么知道的？"

"我到他的家乡做过调查。"

"既然如此，你为什么不通过组织，而要个人出面呢？"

"想避免不体面的影响，为他，也为我自己。我原想，只要他认了我，哪怕私下承认，我也就满足了。可他——一直没有这个勇气。"

"那你为什么编造你母亲到来的谎言来欺骗胡秋涛呢？"

"他总不肯认我，我很生气。回想我在同他的谈话中没有提到过我的母亲，于是我便决定逼他一下。没想到这样一来，却要了他的命。"

"他知道你母亲已经去世了吗？"

"开始不知道。那晚我扮成我妈妈的模样去见他，后来我就告诉他了。他一听我妈妈早已死去，就像变了个人似的，失神落魄地走了。后来，后来，他就自寻了短见……"

几天后，胡秋涛的遗体进行了火化，到火葬场去的有柯如芝、胡令飞、于黛琴三人。柯如芝的眼睛哭肿了，但还挺得住，她一手挽着胡令飞，一手挽着于黛琴，向胡秋涛的遗体鞠了一躬，向他做了永远的告别……

诗歌卷

生日自贺：

侧望历史更怀古，独立苍茫自咏诗！

2014.7.16，成都"诗歌大道"

题峨眉山金顶

巍巍峨峰翠，奇景似女眉。
天下多名山，古今少贤人。

1981.5

党旗——战斗的旗
——献给党的十二大

党旗——战斗的旗，
六十一年前你升起在广袤大地。
多么普通啊，
一柄铁锤，
一把镰刀，
组成你强健的躯体。
你象征着崇高的追求，
你蕴含着无穷的力！

你呼啸着不停地向前，向前，

你决心要创造出美好的天地，

你伟大而平凡：

伟大——如同普罗米修斯神，

平凡——像那母亲的大襟衣。

记得——

中国的夜晚很长，很长：

那时

没有火，没有灯，没有任何生机：

男人不会弹唱，女人没有歌声，

儿童只知哭泣。

风来了，

飞絮的棉袄，

怎顶得住寒冷；

雨来了，

嶙峋的身体，

怎经得起侵袭？

何日才得温饱啊，

饥寒交迫的奴隶？

终于，有了你，

从南湖的船上把火种点燃，

你又经历了二十八年的奋战，

使光明从天安门上升起。

欢呼啊，

跳跃啊。

我们不会忘记，

是以怎样喜悦的心情来欢庆胜利……

然而

"理想"并不等于"现实"，

"希望"也并不是"真理"；

幸福之路啊——

既不平坦，也不笔直。

它是那样坎坷崎岖。

虽然几经挫折，

但你始终挺着腰脊。

没有灰心，

没有泄气。

因为，

你生长在坚实的土地。

在十二次代表大会上，

你对苦果

进行了辛酸地剖析；

你把苦汁

变作营养吸取。

如今——

你的体魄更加强健，

你的双臂更加有力！

你大喝一声：

"向前，进击！"

你抡起铁锤

砸碎挡路的巨石，

你挥舞镰刀

披荆斩棘。

"左"的——

不要。

"右"的——

取缔。

目标坚定，走向共产主义。

我们是共产党人，

并不掩饰历史的疮痍。

我们说——

世上没有金科玉律。

只有在实践中才能发展，创造真理。

我们既能从血泊中走出来，

就一定能从困难中走向胜利。

堂堂的中华民族，

岂会甘居人后，

岂能仰人鼻息？！

镰刀和铁锤——

定能开创出崭新的
二十一世纪！

等着瞧吧：
中华"高度文明"的花朵，
定将以我们自己的方式，
绽开在世界的百花园里！
呵，党旗——
战斗的旗，
我们是你又一代儿女，
新长征路上我们把你高举。
永远冲锋向前。
一辈一辈，
永不停息！

1982.10.11，飞专一分校

青春梦

风雨少年走人生，欢喜雀跃直往东。
岁月如非单行道，天涯浪迹几回重。

2001.5.6

念慈父朱得管百年诞辰而作

百年诞辰念慈父，浊流独载诺亚舟。
牛郎织女重逢日，我寄追思鹊桥头。

2001.8.25

人生告诫似儿

人生难，人生险，莫贪坦途春风廉。

黑云恶风不可怕，脚正方能赴凉炎。

2001.9.1

生日有感

几多正气凝紫光，北来祥云降"南张"；

秋冬春夏已轮回，又见落日付夕阳。

注："南张"为千秋张村，我的出生地。

2001.9.4

入川有感

乘船入蜀四十三，灵光稍显无大满。
静看江水空流过，剑指青峰是何年？

2001.10.9

进川四十三年有感

春风吹来一粒种，落土生根变小青。
转眼长成参天树，不知地下泥水情。
无歌岁月何其漫，风雨春秋四十年。
苍天若无我胜日，何必又来新一天？

龙年（2001 年）秋，成都南郊

如梦的人生

昨日黄花昨日情，今朝唯恋是梦中。
人生长短无定数，好坏优劣谁来评？

2002.2.8

随感录

茫茫夜海四十年，孤灯一盏照前瞻。
谁知曦光大亮时，水中大舸绿又蓝。

2002.5，玉带办公楼

六十杂想（生日自叹）

时光荏苒六十载，寒梅先着暖日情。

指望祥云再高吉，不谙白灵锁秋风。

顺应上天新旨意，峰回路转再启程。

如若真能成旧事，美好人生又一景。

2002.8.25

马年将去

洋洋洒洒四月天，秣马厉兵战平山。

红玉战鼓终未响，只待下月是"祈年"！

2002.12.5

四块玉（三首）

其一：水

府河水，无头尾，万年长流哪来回？！
今水恰是昨日归，你看那，白浪催。

其二：夏日

春已尽，红颜褪，春绿抹去昨日媚。
倩影风舞枝头翠，有谁知，百花恨！

其三：廊桥

廊桥辉，去日新，常思昨日慕芳菲。
太白之后杜子美。寻芳踪，永相随。

2003.5.19，成都水井坊·廊桥·合江亭

天府梦（歌词）

儿时梦天府，天府在云间。

老师告诉我，天府在四川。

青年时到成都，奋斗在大平原。

粮油援全国，"天府"在田间。

改革新时期，府都样大变。

安居又乐业，世人皆惊叹。

如今话天府，天府在眼前。

2003.7.1

梦叹六十又一

七月流火急，光照德盛里。

江郎才未尽，难成六归一。

2003.8.13

生日杂咏

居善地，心善渊。上善若水铸明剑。

红叶黄花依旧在，天道大乘又一年。

2003.8.14（阴历七月十七日）

凯乐大厦遥望成都电视塔落成

一剑指天名曰"塔"，峰中之峰凌霄花。

来生若得云中梯，敢摘日月塔上挂。

注：新建的成都电视塔高245米，为中国第四，西部第一。

2003.12.30

丹儿佳婚纪事

呕心沥血犹打望，娇儿转眼三十三。

欲求周公从头来，人生道路无回还。

人生道路无回还，去日苦多何处怨。

搏击不到三千里，只有"苦海"无"乐山"。

2004.1.16

凯楼观雪

洋洋洒洒六百片，玉龙鏖战甚烈惨。

他日再有观景日，凯楼高处胜似天。

2005.2.19，凯歌广场十五层办公室

六十五岁生日遥寄故乡义马市千秋镇

金秋好景为谁艳？凌云壮志在少年。

大器朦胧终不成，白发使我戴"罪"眠。

2006.8.10

咏银杏

高高银杏树，黄发缘自熟。

浊眼寒风吹，金色蝴蝶舞。

注："蝴蝶"为金黄的叶子纷纷落下。

2006 冬

心　绪

年少入川府，情唤云天呼。

六六花甲后，冷风鹤自舞。

2007.1.4

贺新天府广场落成

其一

伟人挥手金龙舞，太阳神鸟和天府。
渑池金水两千里，长入府都锦花簇。

注：金水即为金河，本人也。

其二

醉人春天在何处？繁华锦下草一株。
绿泄人间即是福，何怕枯石变作土。

2007.3.11，百货大楼楼顶

花　语

嫩绿出处红自落，瓣拍当年寻香客。

流水不该托我走，君子爱红不爱果。

春风为何拂杨柳，桃花年年开金河。

2007.3.16，成都金水河畔

天宫识

2007年第八次赴新疆出差，这次是乘最先进的波音–737，归川时坐16A，九千米高空随想：

足下云海怒，身边阳光毒；

谁说天宫好？寂寥日月星。

苦乐成世界，爱恋人间度。

2007.5.28，14：00 —17：40

水乃生命之源

水是绿，
绿是生命，
植物，动物
人类！
地球——共生的家园，
一旦地球成为沙球，
一旦其他生命没有了，
或只有人类的时候，
人类也该消亡了！

2007.5.28，沙漠上空看到想到的

为纪晓岚展馆而作

斜阳已下三百年，清皇怒罚纪晓岚。
名士谨言犹在耳，迪化春晖满人间。

注：1768年，大清皇帝把纪晓岚发配于乌鲁木齐市今人民公
园一处两年。在这期间，他写了许多有关乌市建设发展的诗文。人
民为了纪念他，设立了一个很小的纪念馆，至今仍保存。迪化，指
乌鲁木齐市。

2007.6.20

"人"生相依（歌词）

撇扶着捺，捺撑着撇，
"人"字就是这样写。
我扶着你，你撑着我，
人生相依心相贴。
生命如长河，
浪花写岁月。
波掀着浪，浪卷着雪，
奔流到海不枯竭。
血不离肉，肉不离血，
生死与共难离别。
鱼不离水，花不离叶，
人生相依兴大业。
生命如长虹，
步履写岁月。
墨不离笔，脚不离鞋，
携手迈向新世界。

党的生日有感——旗帜

大海的旗帜是白帆，
浪花是它的旗杆。
当白帆在蓝海里飘动，
可曾想到大海的威严，
全在白帆上体现？

什么是人类的旗帜？
哲学家的旗帜是思想，
战争狂的旗帜是炸弹，
商人的旗帜是金钱，
僧侣的旗帜是经典，
农民的旗帜是丰收，
工人的旗帜是高产，
连街头乞丐也有旗帜，
那就是无助与可怜。

知道吗？有面旗帜属于祖国与人民的代表
——那就是今天的7200万共产党员。

——有镰刀与铁锤的撞击，
声音响彻历史空间已有86年。
有了它才有五星高耀下的苍天！

中共党员朱金鹤

2007.7.1

纪念慈父诞辰

七夕年年有，今朝百又六。
家父存真善，我随"管哥"走。

注：父亲，名"朱得管"，生于1901年，卒于1958年冬。父亲是一名石匠，农活、烹饪手艺也很出众，加之人品德行好，乡亲同辈还有上辈人见到父亲总称"得管大哥"，我小时印象深刻。愿父亲保我一生平安，祝福他和妈妈好合千年。

儿三有 2007 年阴历七月七日

新疆行（三首）

其一：到昆仑

自乘火风西北飞，晴空几多白雪沉。

"金蛇"不是白娘子，我为何人到昆仑？！

注：2007年7月23日，赴新疆出差。时值电视新版《白蛇传》热播，当天正好演到白素贞为救许仙乘白云赴昆仑摘灵芝草。当飞机到昆仑上空时，我不由吟出此诗。

2007.7.23，13：00 于飞机上

其二：四色山

苍茫亚洲哪是心？日月指证不需问。

青绿橙白四色山，自古昆仑中华魂。

注：昆仑山从下往上，依次为青、绿、橙、白四色。橙为土，白为雪。

2007.7.23

其三：天山情

今生有缘大西北，七次助我四回春。
依依惜别天山去，夕阳伴我回峨眉。

注：从20世纪90年代起，我共七赴新疆。其中，乌鲁木齐六次，伊宁一次，先后办理了四个经济案子都胜诉，收回款项，当事人满意。感谢天山对我的情谊。

2007.7.28

思乡曲

一朝东风入峡关，渑洛乡路何其漫。
浣花溪畔龙钟客，独立秋风思牡丹。

注：1958年秋，乘"大跃进"东风，空军招飞。我自河南郑州由湖北水路经三门峡入川。时近50年过去了，然我不时思念生我养我的千秋义马乡村。不久，也许又能踏上故乡小路追忆当年情。

2007.8.16

贺中国人成功飞天

——机器人"嫦娥一号"飞天随想

中华开盛世，春潮万丈。

"嫦娥一号"升天，激起银河浪。

中华民族圆梦之旅，七洲四洋翘首仰望。

去采集月桂的万年种子，

去让玉兔尝人间草香。

说甚古人不曾见今月，

让嫦娥姑娘快述说以往。

中国人探月，中国心激昂。

为了土地不老，青天不荒。

我们破译宇宙的神秘，

奏响人类常青的乐章。

啊，嫦娥有了自己的飞船，

人间天上自由来往。

明月是她天上的第二故乡，

我们还要送她火星观光……

2007.10.24

黄土情结

不愿远飞，所以不曾告别。

未曾梦幻，所以不曾告别。

从不背叛，所以不曾告别。

路也黄土，屋也黄土。

梦也黄土，墓也黄土。

注：至今未曾出国（境），也不想，可能是"黄土情结"所致。

2007.11.19

思念毛主席

——纪念毛主席诞辰一百一十四周年

新中国越是一天天富强起来，
人民越是思念您老人家。
您用一双写诗的手，
把一个积弱百年的中国，
写成了《沁园春》。
您用一双插秧的手，
把黑暗的大地，
春风又绿。

一条小溪成为大河，
爱的源头在血脉的上游。
大浪滔滔，
没有滴水是多余的记忆。
毛主席，
您在思念里，
而我们的日子，
每一个都与您朝夕相伴。

2007.12.26

蒲公英

蒲公英生命之伞，
无论生在北国，
还是长于江南，
都能借助风的推力，
将生命之歌飘上云天。

也许飞落山野，
也许飘进城垣，
只要投身一方水土，
就能承前启后于世间。

顽强伸展枝叶，
精细凝聚花团，
为永无休止的绿化史诗，
续写多彩的新篇。

当我面对蒲公英，
庆幸自己曾高张青春之伞。

从中原来岷江畔，

仍小草的形象扎根绿色之间。

记：凡事一切依靠自己努力，到一个地方搞一个工作，都做
到最好，生根开花。

2007.12.29

又走廊桥

一枝香梅入云霄，不见合江出洪涛。

岷水虽泻似平淌，寒天无人过廊桥。

金鹤独步廊外道，铁锁闭门不能前。

忽忆故乡千秋月，东风涧水常湿袍。

2008 年元旦，合江亭

缅怀周邓二公

丙辰元月殊世惊，痛失总理人心恸。

强国大业靠何人？眼前邓君似周公。

走畅富国强兵路，除妖斩魔人心明。

看我中华祥云照，喜登世界又一峰。

注：1976年1月8日，周恩来总理去世，恰遇"四人帮"动乱时期，人心盼望邓小平执政。后来，在叶剑英等人的努力下，终于如愿。经三十年奋斗，我中华又强盛于世，甚慰，甚喜。

2008.1.8

故乡的月光

灵魂深处的故乡，
是夜里那皎洁的月亮。
我虽然苍老，但岁月依旧年轻。
也学更多的孩童，追逐在树荫下，沐浴着斑驳的月光……

门前地里，我童年小手栽种的桃树早已长高。
只有那房顶、墙头的小草仍在梳理生命的苍茫……
四爷，父亲，母亲，大哥都已离去，
我却仍在千里之外，呼应着一颗颗的星星歌唱！
童年笛、箫之音也许并不动听，
但那是我用尽真情把故乡唱响。

五十年啊，在五十个春秋里，
用我的思念与真诚深深地把你托在心上……

注：春节年三十下午，打电话问候二哥金城，表示会回家
看……不禁深情默诵之言。

2008.2.28

春末游走府河岸有感

万物相催各自新，痴心儿女挽留春；
芳菲歇去何须恨，夏木荫荫正可人。

我与玉瑶"银婚"纪念日
（1968 年 4 月 29 日—2008 年 4 月 29 日）

虽说忠贞难志艰，一生信守初誓言。
妙龄儿女今华发，风雨同舟四十年。

2008.4.29

桃花源

童年时，曾在我家门口种四株桃树，每年春天开花。于是，它成了我小小的"桃花源"。

山高，水远，梦里桃花满天。
梦中故园已是多少年前。
你的笑脸也许早已改变，
不知不觉那已成为虚幻……
繁华世界也许让人疲倦，
悠悠岁月名利转瞬成烟，
无奈之中情有可原，
其实这世上本无"桃花源"。

2008.4.29

"国悼"之日有感

天地倾，山河碎，长歌当哭草木悲。
有道多难可兴邦，众志成城谁可摧。

2008.5.19

"我们热恋的时代"

大山倒了，
祖国还在。
房屋倒了，
"家"还在。
双腿断了，
路还在。
……
有一线光透进来——

那是心灵的大道，

那是我们生命的世界。

父母走了，

邻居还在。

老师走了，

学生还在。

河流断了，

热血在澎湃！

一个希望飞起来，

啊，那是我中华的天空，

那是我们热恋的时代！！

2008.5.26

悼同年

我的同乡、同学、同事、好友林同年在2008年5月12日汶川特大地震中于彭县银厂沟遇难。5月8日，我们还在浣花溪同学会时相约明年一同回河南老家。可是——

同年，同年，你在哪里？
在天崩地裂的那一刻，
你的眼睛——
向何方观看？
你可知，在灰飞烟起的那一刻，
我的心怎样与你共颤？

同年，同年，你在哪里？
此后的日子里，
我很多次把你的名字呼唤，
然而，没有回声，
只有风儿掠过耳边……
也许，那风声就是你的呼喊，
可想而知，大震——

就像是山河重组的剧变中……

你还在那里……

可想而知——

我们只能心碎无言。

同年，你又可曾知道，

再过几个月，我们就到川五十年。

原本我们约定，同学盛会时共祝母校昌盛。

我们还约定，一定共赏家乡河南新颜……

然而，今天你却在废墟中长眠……

也许你不会忘记我们共同的童年：

我们出生时，——逐日红旗正在中华大地上席卷。

后来，"解放"的狂飙成了我们的摇篮，

新中国的红领巾使我们幸福地成长。

1958年，在"一定要解放台湾"的呼声中——

我们作为骄子被选到大学校，来到天府之国四川！

……

2008.6.1，广汉追悼会上

永久的记忆——四川男孩敬礼

那一天

你三岁的天空

轰然垮塌，断壁残垣

压住美丽的童话

救援官兵赶到

把你从废墟中挖出

从死神手里夺下

你三岁的天空

小生命安全着陆

在简易的木板担架

突然你停止哭泣

咬着牙，忍着疼

说出脱险后的第一句话——

"叔叔，谢谢你们。"

右手举起一个漂亮的队礼！

2008.6.6

奥运"圣火"赞

昨奥运圣火成都传递，虽遗憾只往高新区未在市中心，但仍然欣慰。圣火啊！

面对高山我们发问：
它没有大山的坚固躯体
都在历史空间巍然屹立
面对大河我们发问：
它没有源源不断的源头地穴
却浩荡宏大，长流不息
什么是它的生命支撑
什么是它的庞大血液根系
为什么拥有世界上所有的鲜花
为什么拥有世界上所有的赞叹
它高举的火炬比任何火把都明亮
它点燃的圣火比任何火种都神奇
啊，我明白了，那赫拉神庙的圣火的精髓
"和平，友谊。"
五环奥运旗帜象征着地球上全部人类最普通的命题

"友谊"——像笑容，在人民脸上永久绽放
"和平"——像阳光，照亮人类生存的寰宇
这就是它诠释的真理

2008.8.6

梅豆架下暨父亲一百零七诞辰

"七夕"今宵看碧霄，牛郎织女渡鹊桥。
当年母亲一戏语，梅豆架下看"爱"娇。
一看再看无踪影，大后才知语意巧。
生父原是"七夕"子，"有儿"知之毕生骄。

2008.8.7（阴历七月七日）

激情的八月

八月的北京，分外妖娆，

八月的中国，激情滔滔；

八月的奥运，歌海花潮，

八月的世界，向中国聚焦！

福娃啊，她记住这八月的分分秒秒……

一座洒满阳光的鸟巢，

一座飞腾希望的鸟巢，

一座连接了现代与未来的鸟巢，

一片发展奇迹的森林中，百鸟啼鸣，

那是中华民族崛起与腾飞的呼号。

福娃啊，你看到了，

地球被中华民族的强盛所拥抱！

这一刻，泪水和汗水

将把我们浓浓地浸泡。

我的先辈们，你们也看到了

就三代人，也就一百年吧，

中国从低谷，走向高潮——

我们做到了！！！
"鸟巢的一代"，
今后看你们的了，
要把火炬，
举得更高！！

2008.8.26

看央视热播电视剧《东方朔》有感

其一

历史烟云浩渺过，功过是非无一说。
谁是汉代第一人，论"才"当属"东方朔"。

2008.8.31

其二

英发及少壮，莫待日方长。
人生有代谢，生死岂苍凉？

2008.9.4

冬日之红叶——"朱欢"

殷红一片遮阳伞，冬日艳照天地间。
不畏寒风为何物，四川名花是"朱欢"。

2009.1.18

长江三峡有感

巍峨山川楚，永留青史书。
感恩毛主席，高峡出平湖。

注：第一次乘"民主"轮于1958年秋入川。第二次在50年后，再从水路入川回成都。

2009.2.22，长江"内湖三号"轮

怜　香

2009年2月26日赴武汉、荆州办案，接连风雨三日，在武昌大南门口"如家酒店"目睹自然，不禁——

施虐寒风不甘去，初放山楂雨中泣。
迎春长怕花开早，未及温暖红落地。

注：第一次到武汉于50年前16岁时，独自游蛇山，看到鲁肃墓。国庆9周年时，顺汉江路独回。

2009.2，武昌

清明祭（二首）

其一：春怨

凛冽春风来受寒，孤寂人生多忧烦。
不是慵懒少付出，为何迟迟无奉还？！

其二：愧拜

跪拜苍穹望此天，愧对列祖不孝男。
不是"有儿"无心志，无倚独自难比肩。

2009.4.4（清明节）

登黄鹤楼眺汉江

江流天地外，山色有无中。
黄鹤今又来，波澜动远空。

2009.4.22，黄鹤楼

祖国，我心中的天堂

在太阳升起的地方，
那里有文明之水在流淌。
那里有黄山与黄河，
那里有长城与长江；
那里有数不尽的志士仁人，
那里有凝聚强大的毛泽东思想！
那里有太多的勇敢与智慧，
那里有太多的勤劳与善良。
那里有编钟与焦尾，
那里有孔孟与老庄……
祖国——读她是诗篇，
观她是画廊，
听她是交响，
品她是华章。
啊，祖国，你是我们的家园，
你是我心中永远的天堂！

2009.5.20

父亲和我暨父亲一百零八诞辰

多年前，

长长的眼袋，

是父亲长长的岁月。

烟锅里，

那忽明忽暗的亮光，

展示着人世的不平与艰辛！

天亮时，

从父亲的嘴里，

喷出一团一团愁云；

似乎永远也变不成春雨。

皱巴巴的日子，

好像是永远也拉不直的叹息！

又一年八月的黑豆地里，

我看见头包白头巾，疾如闪电的

那被唤作"翻身队"（共产党游击队侦察队）的神人……

从此——

八路军，共产党，毛主席；

阳光，雨露，空气，

把我沐浴！

迎着晨光，

上学去，我连年乡试第一，

那时，我感到——

我是父亲的慰藉！

六十一年前的秋天

县武装部的赵部长来到我家里，

对我父亲说：

"你儿子能应招空军，

是我们渑池人民的骄傲……"

2009.6.1

铭记在心的日子——入党

我成为中共一员的日子——1974年7月24日。

三十五年前的这一天，那是个星期天的下午。

风涌，雷轰，雨水漫过停机坪。

我骑车穿越那属于我的时空。

支部大会按时召开，十七名党员举手。

五十九人的机务二中队，我成为共产党员的第十八名。

我这贫农的后代，从此有了"政治生命"。

对迟到的"生命"啊，

——有人私下告诉我：

"就因为你不会'迎合'，论才智也许你是我们队的
第一名。"

而我说：

"我就是我，怎么认识就怎么讲。"

"直率"是我对党的真情。

从第一次申请到入党，整整八年。

每次"运动"我都走在前列，

而入党的名单里却无我的姓名。

我常苦恼、懊丧，但仍不改初衷。

正是由于这样的考验和磨炼，

才造就了我一个共产党员应有的"自律"与"忠诚"。

2009.7.24

信 念

——纪念党八十八岁生日

节律相同的跳动，

跳动，怦怦然，

是统一思想的雷鸣。

拳头举起的那一刻，

宗旨不断升华，

信念已经定型。

脚印叠起又延续。

——求真理，

全为实践本色人生。

播入共同的田垄，

破土石疯长成真实的繁荣。

赤诚不折扣，

党心不变初衷。

以树的品格和形象，

让国体如土地般丰润厚重，

长久保持血运旺盛。

传递相同的声音，

不必问相互姓名，
掌握共同的命运，
不必说曾有多少
——奉献和牺牲！
每个关键的历史时刻，
总有众人应！

浩浩洞远空，
如同前方的路更长，
风的后面又潮涌。
穿过黑夜，穿越历史，
流出新时代，新时期的黎明，
让我们共产党人
"奋斗"的血脉
相承！

2009.7.6

祖国六十岁的颂歌

祖国，把我献给你

你是大海，我就是你怀里的波浪；

你是草原，我就是你怀里的牛羊；

祖国啊，祖国，把我献给你，

让我的血液在你心中流淌。

我的爱没有终点，只有方向，

就像葵花的笑脸，始终朝着金色的太阳。

就像黄河九曲十八弯奔向辽阔的海洋。

我爱你中国，我伟大的母亲！

我是雄鹰，飞得再高也离不开大地的磁场。

我是小树，长成栋梁也离不开生根的土壤。

中国啊中国，把我给你——

我的血液和国旗是一样的颜色，

你的血液在我心中源远流长。

2009.8

无　题

无为人生不值勘，别梦依稀是童年，
父母兄嫂音容在，六旬日月似"昨天"！

2009.8.22

人　生

今秋不是昨日冬，畅踏白雪九阳重。
常忆渑池千秋水，少年朋结秦赵盟。

注：渑池中学读书时，常在涧河洗脸，1956年任渑池中学少
先队大队委时，曾在铁路边上"秦赵会盟台"（历史遗迹）举行
少先队的夏令营活动。

2009.8.25

祖国六十华诞

——献给祖国的歌

秋风，从中华大地上吹过，
我的心，把祖国轻轻抚摸。
三十年的改革开放，
六十年的恢宏建设，
在中国共产党的引领下，
我们没有理由不把你
打扮得多姿婀娜！
我知道，我的伟大的祖国母亲，
正把金黄的稻穗收割；
这是三十年的收割，
这更是八十八年的收获！
啊，十月一日，这个日子——正是中国人民最幸福的
时刻！

2009.8.3

我的第一天

我的第一天，秋风舞中原；
抗日火正熊，日蹄踏汉南。

我的第一天，豫西风云翻；
国共抗日军，集结中条山。

我的第一天，正值秋雨绵；
百姓"跑老日"，怎知人世艰。

我的第一天，树声大将欢：
陇海摆战局，大胜在"新安"！

注：1942年九月初八我出生的第一天，由共产党领导的豫西纵队，在王树声大将的指挥下，取得新安县抗日大捷。"跑老日"是母亲的口述，"怀中抱着你躲避战祸，真不容易啊！"新安县的铁门镇，距渑池义马大概只有10公里。

2009.9.6

国庆节有感

历朝历代，可曾有过这样的国泰民安？

几百年来，可曾有过这样的强盛富饶？

我们的人民，可曾有过这样的扬眉吐气？

我国的江山，可曾有过这样的美丽多娇？

开国大典，一个湖南口音向世界宣布：

"中华人民共和国中央人民政府成立了！"

共和国的航船，开始探索性的试航。

但共产党的领导也不是先知先觉。

远航的巨轮也会遭逢惊涛骇浪，险滩暗礁。

我们曾虔诚地将苏联模式移植在每一个角落。

我们曾设定全民打麻雀，全民炼钢的目标。

我们曾将市场、股票、股份视作洪水猛兽。

我们也曾历经"文革"的十年狂飙……

但毕竟是我们的党，

在为人民的幸福的实践中，已经做出回答：

国家应当开放，潮流必须顺应，航船不能抛锚；

社会主义，可以运用掌握市场经济。

一个伟人告诉百姓：根据我国国情，

这就是：走中国特色的社会主义道路。

中华民族，再一次砸碎禁锢飞翔的镣铐，

壮志凌云，站在人类文明的高峰上思考。

仰满天星斗，接八面来风，承天地灵气。

我们的民族，变得那么睿智，那么自信，那么从容。

世界多极，文化多元，生活多彩，

但全世界到处都有"中国制造"。

世界忽然感到：这是东方文明古国的伟大怀抱。

于是，我——

一个开国后第一代少年先锋队队员的自豪感很自然地
化为诗句，

在胸腔里燃烧。

广阔的长安街啊，瞬间延伸至千里万里。

那分明是：

通向富强、民主、文明、和谐的中国人间正道。

2009 年国庆节，新津老家

重走长江大桥

苍穹远，江风叹，伫立桥头独自怜。

看那回，艳阳天，英姿勃发齐昂轩。

世事巧，聚前缘。

五十一年今又来，白发原是前少年。

注：1958年9月28日，由中国人民解放军第十四航校召飞自郑州由武汉进川。国庆9周年放假，我独走长江第一桥。51年后办案由荆州回四川，再走武汉长江大桥。

2009.12.13

献给"海地大地震"中国维和烈士

慈母怀儿，泪溢心河。

断肠摧肝，竟与谁说？

忠骨芳烈，英名流播。

万众挽歌，魂归故国。

2010年1月19日，八名烈士遗体回国，国人敬之。

2010.1.20

婚 记

——纪念和玉瑶结婚四十二周年

朱红留记老君山，宝姿河渡风雨浸。

人生已有双"四二"，哪堪情浓回首间！

注：我生于1942年7月17日（阴历九月初八）；我和刘玉瑶

1968年4月29日在新津东门运输公司结婚至今42年。

2010.4.29

海棠情思

思绪无聊走旧园，不见万株海棠妍。
只有春草红绒松，难抚我心五月天！

注：成都北门护城河边海棠园自古有名，宋诗曰："岷蜀地千里，海棠花独妍。"近年重修，春日花开，十分壮观。

2010.5.17，北门大安东路"海棠园"

蝶恋花·念友人

　　牵住你的手，惜别望江楼；波涛万里长江水，送你安庄州。可有人、为你分担忧和愁？可有人、和你风雨又同舟？！　　烟花三月，有折不断的柳，梦里江南，是喝不完的酒，四十年时光，剪不断一起的青丝游。现如今、红花早已碧空去，空留那、一枝干干绿叶瘦！

2010.8.16（情人节）

生日自贺

今日满68周岁，明日开始69岁了——

人间天月六十九，伏娲我辈壮神州。
红旗大展扬华志，多见恶魔鬼哭愁。

2010.8.26（农历七月十七）

成都市人民公园第十八次菊花展侧记

朔风乍起林梢头，一抹阳光隙中留。
五彩秋菊风光满，颇似冬日娇艳"后"。

2010.10.31

雪花与梦

一朵雪花

结着另外一朵雪花，

就如一个梦

连着另外一个梦，

它们弥漫着、旋转着

从天空中走来；

飘落在大地

旋即又无踪影。

雪花不是幻觉，

亲吻大地就是它的终极梦！

然而人的梦也不是梦，

美好与丑恶的纠结，

幸福与痛苦的交替，

就是一个人的一生。

注：是日，罕见大雪飘至，顿感白色世界苍凉，特悟之。

2011.1.19，童子苑

掩映园纪事

海棠娇艳——
一簇簇，
一团团；
花花相连……
玉兰亭立——
一株株，
一杆杆；
清香枝头满……
盛花时日虽少，但她花开年年，
人生期待太久，可惜生命短暂。
我是何物？
为何来到人间？！
既然艳不如海棠，
美不如玉兰；
何不再回那——
属于我的田园！

2011.3.9，掩映园

代芙蓉问

有感于后子门地铁修后成都市花"芙蓉仙子"雕塑归位。

芙蓉花仙回乡来，怒目相向痛问责。

"今无一株芙蓉树，秋日何来蓉花开？"

2011.3.25

2011年高考作文题"总有一种期待"

——和"又一村"同志商榷

总有一种期待，乃

平常人的正常愿望；

说来应该是滔滔不绝，

要是说不出来，实在不该。

祖国的繁荣昌盛，

离不开中国共产党的领带。

只有在中国特色社会主义大业中，

去彰显个人才智的风采！

这是我国百年历史的结论，

对此我们不能有任何疑惑。

你期待城市清新可爱——

环境污染不在于楼房高矮。

你期待马路越来越宽，

怎么会街道越来越窄？

开"宝马"的人，

不管他是轻是重，只要遵守交通规则。

商人不一定都坏，
只要搞好社会监督；
提高全社会的文明，
就能确保有放心的肉、菜和牛奶。

你的期待其实不多，也不是异想天开，
物价的上涨只是暂时，
大学生读书，也只是少数人借债！
正因为我们的国家还有许多不足，
才需要大家一同去担当，去排解！

至于大学考试，
不必拘泥形式；
不管是散文、诗歌，
只要德才兼备，一定能选出高水平人才！

2011.6.30

附：又一村《总有一种期待》

总有一种期待
却怎么也写不出来

我首先期待物价不要飞涨
上大学不要让父母四处举债
我期待即将开始新生活
比我想象那样精彩

我期待环境不要被污染
城市永远清新可爱
我期待楼房不要长高
不要挡住我的阳光、风儿和云彩

我期待马路不要越修越宽
街道不要越来越窄
我期待开着宝马的人
从我身边轻轻地离开

我期待科技不要越来越发达
商人不要变得太坏

我期待着有一天

吃上放心的肉、蔬菜和牛奶

我期待着人类放弃战争和杀戮

我期待着这世界上没有恐怖和伤害

我期待着所有地球村的时代

可以自由地往来

......

我的期待实在太多太多

时时刻刻萦绕心怀

我的期待都是异想天开

还望评卷老师理解

还希望诗歌成为高考作文体裁

2011.6.28《成都商报》

贺中国共产党九十周年诞辰

"母亲"不老，红旗永飘！
中华强大，风景独好！

2011.7.1

困

历历昨日游晴空，忽感今日在梦中；
人生不知今后事，难解心愿与共同！

2011.9.26

冬日有感

其一

艳阳尽把墨绿撤，风光无奈不似夏；
寒风不知何处吹，已是冬日迎秋花。

2011.11.8

其二

山楂红蕾、竹、银桂，童子庭苑仍是春。
流水带走红花叶，谁知哪日北风吹？

2011.11.18

其三

寒风吹，日月晕，七旬岁月今日归。
来年春日红花伴，府河晚风永相随。

2011.12.9

其四

玉兔东升出楼间，瞬时转红呈橘艳；
不是明月当空照，魔使黑板遮玉盘！

2011.12.11

其五：去成都房交厅路上

夜来寒风朔，杏叶自飘落。
青春何慰惜，满地黄金色！

注：杏指银杏。

2011.12.23

唤 春

岷水悠悠绕城间，北风冷吹百花岸。

看好春日温暖在，枝上尽是玉兰尖。

2012.1.3，北大街府河岸边

桃花岸

西来岷水紫气微，桃花岸边波光辉。

黑衣老者抛长线，白鹭惊起水面飞！

2012.1.12，北门三码头

海棠园

金鹤舞南国，栖下"映艳园"。
企盼二月红，海棠永相伴。

注：南宋时成都海棠"映艳晓月"在全国已非常有名。

2012.1.17

春到木兰坞

今日是2012年春节正月初六，外孙女吴念真登机赴西班牙，祝她福运永至，遂在锦江河边咏诗一首：

花子坞，木兰坞，春到岷蜀先入坞；
高大挺拔茎根壮，朵朵云霞碧空出。

注：大叶木兰花开时，在浓荫高高树顶之上，晶莹透白恍似云朵，是蓉城花世之一景观。

2012.1.28

咏海棠

纵横丛中向天直，艳红馨香比胭脂；
正月蓉城海棠花，锦江河畔第一枝！

2011.2.5，北四街海棠园

春之魂——玉兰赞

冰清玉洁出绿林，娇娇柔姿似白云。
玉兰长留天地间，庶人永拜春之魂！

2012.2.14，锦江之畔木兰坞

人　生

不管山高、路远，
不管道路泥泞，
只有向前向前……
别想停歇，
这就是"单行之道"上的人生。

什么是失败？
什么才算成功？！
对于大概念的人生，
怕无人能完全说得清。
开创型的领袖人物，
还有谋臣大员，
当然是成功者的典型。
智慧大家，技艺后人，
也都是人民孜孜以求的"功名"。
但，在我看来——
精彩的人生，
并非高官厚禄，

也不一定是"一世英名";

最重要的——

看他（她）人生路途中的那些令人感叹的——

"柳绿花红"！

2012.3.2

浣花溪之歌

青春的浣花溪，

那里有什么？

有流水、草木和香泥，

还有不息的人群，

人群中有我也有你。

茫茫的浣花溪，

那里有什么？

有无数的花儿和水底游动小鱼。

还有那无数的足迹，

足迹中有我的也有你的。

千年的浣花溪，

走来了黄庭坚和陆游；

杜甫李白已经离去……

"诗歌大道"的作者们呀，

我郑重地告诉你：

今天"广厦"万间任君住，

别再为"茅屋所破"而忧虑。

千年的浣花溪，

是什么？

是时光大道——

大道上有各个师弟的信息。

是我们国家的历史啊。

因为它代表着我和你。

2012.3.12，浣花溪畔

锦城小景

其一：玉兰颂

玉兰花盛开，满园白世界。
唯有几株红，光耀花海外。

2012.3.16 晨，府河木兰场

其二：花颂

轻波柳绿岸，百花嬉春风。
令人最难忘，花枝串粉红。

注：不知道花名，请教多人也不知。后经专业人士了解，此花名为"巴花"。

2012.3.27，府河边

其三：桐花颂

谁说春来名花尽，桐花粉白映碧空。
一年一次"紫星阁"，来年祥云各东西。

注："紫星阁"为律师事务所每年的聚餐地，今年退后不知以后的情况。

2012.3.28，府北河大安中路紫星阁

仰薛涛

面对墓和井，不由感慨生。
一弯锦江水，万古女儿情。

注：薛涛，唐代才女，相当于今文艺明星。

2012.3.29，望江公园

家思（二首）

其一：牡丹

悠悠千年洛阳家，故土常慰有奇葩。
生死相依为何"人"？唐"武"镇国牡丹花。

2012.4.3

其二：惜别

惜别"皇城"五十冬，只为年少欲图宏。
苍天多眼看世界，永葆故园牡丹红。

注：1961年4月初，曾与小学校友一同到洛阳城西皇城公园参观牡丹，可惜尚未盛开，遗憾离开。如今五十年已过去，虽企盼未能成真，仍祝愿心灵之美永存。

2012.4.5

"紫鹃"自叹

没有高大的身躯，
没有姣好的容颜，
百花丛中的我，
实属一般，一般！

不与别人比艳，
愿和荠、菅结团，
我的追求是：和谐安宁，
与缘相伴。

2012.4.9，府河岸边

义马归来

青春火红，结果丰颖。
为人当做，"石榴"人生！

2012.5.13

雪松赞

夏日风云吹，墨缘"青山"稳。
大雨滂沱落，不湿松下梅。

注：为我国古时祭祖圣地。

2012.7.4，成都府河畔

念坟中亲人

一缕情思飞九重，飘落故乡付西岭。
河旁垂泪烧佛纸，只因岷水能传情！

注：家坟新址迁至家乡张村北付村西岭，那里有我的爷爷、父亲、母亲及大哥大嫂。

2012.8.28

贺北门大桥第二次大修

我定居成都之后，北门大桥第二次大修，风格大气厚重，桥头金杯式路灯格外醒目，特以诗庆贺：

金杯一尊"解放桥"，勿忘新生颂英豪；

回首往昔那一幕，"十八兵团"星光道。

金杯一座北门桥，宏伟基业根基牢。

初看西部第一城，来人定能胜今朝！

2012.8.31

晨曦与晚霞都是太阳的光辉

晨曦，你美，是因为你是天边的紫薇，

少顷，阳光普照

万物都与你紧紧相随。

晚霞，你美，是因为你的彩光妩媚。

少顷，大地安睡

到处沉浸着成熟与智慧。

晚霞，象征一个人的暮年。

晨曦，象征一个人的青春。

今天已经过去，

昨天又回到你的美。

阳光无限

周而复始

它那里有无数个傍晚、清晨；

一个人的生命有限，

但一代又一代，

生命有无数轮回。

晨曦和晚霞都是太阳的光辉，

啊，阳光，你本身就是人类的依存！

2012.11.18

神鸟之语

我从太阳飞来，
是因为这片沃土。
我从金河飞出，
是为了告诉蜀人的先祖：
"不仅勤劳勇敢，
还要融入中华民族。"

我从太阳飞来，
又从成都飞出。
环绕大地，
去执行太阳的意志：
"只有团结善良，
才是人类的幸福之路！"

注：根据《山海经》里的背日传说而写。

2012.11.20

悼罗列

堂堂中华一儿男，航空报国"鲨虎"献。
功成未贺身先去，英魂永存天海间！

注：罗列，我国"沈飞"公司负责人。1982年北航毕业，飞机设计专业。2012年11月25日，他因心肌梗死去世！我于26日中午得知此事后即以诗悼念这位仅仅51岁的中华英雄。"鲨虎"是罗列给他做总工设计的"歼-15"飞机命的别名。

2012.11.26 中午

吊霍君

天生袅娜富清纯，忽地轻烟一风吹。
斜阳时节常感怀，六十年前霍君恩。
何时千秋芳草绿？大家携手哭青春！

2012.12.6

带响的脚步

红嫩的小脚穿上了鞋，
——因为她要走啊。
鞋跟为她闪烁着光芒，
——因为这是她人生的第一步。

闪光中还有清脆的声响，
不同的音调伴随着蹒跚的脚步；

声和光为她记录下，

——这人生的最初。

啊，人生丰富。

但这一切不是自然形成。

是上一辈对她深情的鼓舞。

也许不要多久，

这双脚会走出大学校园，

——尽情走出多光、多彩的舞步。

即使八十年后这脚布满老茧，

她也不会忘记，

——她人生中带响的脚步。

2012.12.12

校友录（三首）

为满足中国民航学院（我的母校）编辑第二期校友录，由我补充的三名校友：

其一：吕荣贤

遵义小伙吕荣贤，相貌堂堂一美男。

德技学业双优秀，分别后调"一〇三"。

待人诚恳业务精，"电气"行业是骨干。

七十年代回贵州，"体育"战线做贡献。

注："一〇三"指中国民航双流103厂。

2013.1.18

其二：谭义禄

义禄大哥是班长，帮助学友热心情。

毕业分配一分校，机务岗位为榜样。

业务理论勤钻研，作风认真求优良。

专业导弹快艇厂，海军建设强国防。

注：谭义禄，重庆合川人，重视业务理论学习，他走时曾把电气行业书赠送于我。

其三：温华清

河南汲县温华清，业务技能属上乘。

大队部里当助理，办事认真又精明。

同期好友温华清，待人和气又真诚；

哪个特点最难得，只随形势不跟风！

注：同期好友温华清，无线电专业，在机务大队当特设助理，后调洛阳第五分院，我两次回家到洛阳，他都来看我。

2013.1.20

陶俊仪：知行

贵州福泉陶俊仪，勤奋好学好后生。

五八选入十四校，仪表专业好成绩。

机务工作从不苟，安全始终是第一。

不惑之年改行政，敬业好似勤务兵。

年过半百再改行，党的需要是人生。

个人品行做标准，"老陶大哥"有美名。

审计工作很重要，"经济法制"掌手中。

不以职务为满足，行业本领做主攻。

会计统考全过关，注册北京在"中鹏"。

客观公正为标准，不为私利不徇情。

勤勤恳恳老黄牛，民航内外显身影。

人生能有几回搏？陶君"四搏"都"成功"。

人问："为何样样都干好？"

陶曰："生来革命螺丝钉！"

2012.1.23

无 题

岁月东逝府河水，晚秋枯枝一棠梅；
若是蓉城有知己，不是雪艳是何人？！

2013.1.1 晨

锦水河岸述怀

红中白，白中红，玉兰海棠相映中。
天上蓝，河水清。飞机轻烟舞晴空。
实利轻，名声重，无有遗憾不人生。
若要说句真心话，"只有'良辰'无'美景'。"

2013.2.22，府河边

盼

红玉兰，紫杜鹃，残瓣飘落绿荫间。

欲说夏秋繁华"是"，春光虽好时日短。

2013.3.24，府河边

敬记含笑梅

路边含笑梅，迎冬又送春。

园果朝天开，姜黄香世人。

2013.3.28，活水公园

五彩梅小记

天下五彩梅，大堂室内存；

碎花白红蓝，浓香常袭人。

2013.4.9，活水公园

校友乐

人生百年，
光阴几何？
休虚度过，
名利浮云，
何用苦苦追索？
校友共聚一桌，
对美酒佳肴高歌，
行云流水觅知音，
你唱我和。
耄耋相聚燃余晖，
醉香夕阳天籁音。

2013.4.10

马尾松

清秀细叶马尾松，初夏新长红红绒。
不是春花胜似花，引来贵客是蜜蜂。

2013.4.18，府河边

锦江——白云江

岷水西来转头空，默然静幽亦向东；
今改往日柔姿样，浓雾锁江化"白龙"。

注：今晨6点10分起，府河水面起雾，越来越浓，到20分，
完全成"白雾"。这个现象是我住鼓楼北四街以来两年间首次，6
时30分云雾散去。特记之。

2013.6.28

父爱的阳光

——纪念家父诞辰一百一十二周年

西边的雨，东边的爱，
狂风一扫都走开。
无爱无雨的日子里，
只有阳光与我同在。

东边的云，西边的霾，
雾锁心头真无奈。
忽然一阵风儿起，
又见阳光心开怀。

"爱神之子"天上来，
告诉我："孩子，
风儿是天使，
阳光就是父爱！"

有儿

2013.8.13（阴历七月七日）

老办公室的回忆

从2000年到2009年，我在玉带桥凯乐广场大厦的四川东森律师事务所工作的近十年，是我最开心的日子，在我十五楼向南的办公室，向南望盐市口富力中心车水马龙，下午不时从成都市体育中心传来四川全兴足球得胜喜讯，最令人惬意。

燦阳普照抚老鹤，顺城满街飞黄鹅；
高坐"玉带"向南望，歌舞升平听"凯乐"！

注：老鹤为自称。黄鹅指银杏的树叶。

2013.12.1—12

扫墓归来

马年新年的大年初二（2月1日）带着女儿朱玫、儿子朱丹回河南故乡的三门峡义马市老家上坟，感触颇深——

父子情，母子情，养育之恩体终生。
兄弟情，哥嫂情，手足一般其乐融。
叔侄情，乡里情，不忘乡亲不了情。
二千公里探亲归，情思永记家生根！

2014.2.8

海棠园自咏

多彩世界我为东，万千红枝舞春风。
忽然一阵鸟儿飞，惊落满地碎花红！

2014.3.6，府河畔

海棠园之我见

春风第一枝，枝枝互连理。
花团簇拥处，晴空鸟比翼。
锦水清又静，人鸟倒影谜。
人间仙境在，天府名不虚。

注：成都"海棠园"，始建于宋代，占地500余亩，20世纪90年代，又于原址府北河重修，是天府名城的重要景观之一，和文殊院不远。我家离此地很近，我每天都要在河边晨练。

2015.1.29

散文卷

影照世人人比我，
权把今日比昨天。

慈父的回忆

　　父亲朱得管，生于1901年农历七月七日。清瘦，中等个儿，为人忠厚大度。石匠，农技、烹饪手艺精良，远近闻名，人称"得管大哥"。父亲两岁丧父（爷，朱常），母亲年轻（19岁），改嫁张讲上村（张家）。父亲跟叔叔朱炳南长大。由于父亲心地善良，乐于助人，方圆三十里颇有人缘，都知道朱石匠、"朱大哥"。1958年秋，我16岁于渑池县中毕业，被县武装部、教育局、河南省交通厅保送到中国人民解放军十四航校（飞行学院）。9月23日下午，他送我走义马坐火车到郑州，由武汉水路进川到成都。我母亲后来说：那天下午目送我走后，58岁的父亲极度悲伤，当年冬天得肺病去世。家里瞒我，直到1964年后，我回家才知那天下午竟成"终别"，令我终生心痛……今天是老父诞辰104周年，小儿三有小诗祭之：

　　　　慈父眼泪向背滴，终生不忘少年离。
　　　　不管来年有多少，总以"除夕"伴"七夕"！

2005.8.11（阴历七月初七）

中华古老文化

——月亮文化谈

　　昨夜的月据说是最大最圆最亮的——因为科学家说，昨夜月亮距地球平均距离少了2.7万公里，这是十多年才有一次，以往尚不知。

　　我们中国人觉得月亮敏感、伤怀、阴柔、内敛、细腻、多情；光不耀眼而持久，力不扩张而长存。"小时不识月，呼作白玉盘"的月亮，也是一颗高悬碧空的朗朗"中国心"。中国人的风范，中国人的审美，中国人的情感，全都在那轮明月涵盖里……所以，五千年的时光里，有数不清的文人描述月亮及自我心情。

　　我们中国人对光亮的追求像蚕吐丝一样，拉得很长很长……"江畔何人初见月，江月何年初照人？"这轻轻一问，看似漫不经心，却一下把思想触角伸向遥远的远古洪荒，一下子就问到人类的源头。是啊，如果天体当初就没有月球，地球人类之生活，不就太无情趣了吗？

　　"露从今夜白，月是故乡明。"不朽之诗词传诵千年，早已化作光月一缕。因此，诗人的心思，如今还活着。尽管他们人已化作骨灰。

　　我少年离家来川，今已老矣，用诗人老话："我寄愁心与明月，随君直到夜郎西。”

　　啊，我故乡的明月，你在哪里？！

2009.1.11

《送杜少府之任蜀州》的误解

城阙辅三秦，风烟望五津。

与君离别意，同是宦游人。

海内存知己，天涯若比邻。

无为在歧路，儿女共沾巾。

　　这首中学时课本上学的初唐四杰之一王勃的诗，知名度很高。然而近期，成都新津有人在解释中犯了错，主要是"五津"，有人错误地释"五津"为五津镇，即新津县城。然而据清乾隆十六年（1751年）进士孙洙——蘅塘退士（江苏无锡人）编的《唐诗三百首》，他本人的注释：

　　①蜀州：成都崇庆州，唐代为蜀州。

　　②五津：根据《华阳国志》记载，蜀大江（岷江）古有五津：一曰白华津、二曰万里津、三曰江首津、四曰涉头津、五曰江南津。

　　可见，诗中所指五津系岷江流域，并非指新津（五津镇）。

民族精神的旗帜

——《我的兄弟叫顺溜》观后感

　　"文革"后我们曾多次讨论"文学"是什么，为改变以往文学的概念化、形式化、脸谱化开展了必要的讨论。有人说"文学即人学"，是以全人类共同的价值观为标准，不单纯为哪个民族、哪个阶级服务——即"文学"应为全民的。从根本上说，这个结论也许不错，但是不属于某个"国家"某个时期的"阶级"是不存在的，即抽象的"全民观"是不存在的。

　　"文学"是一个国家、民族的精神载体。从这个意义上说，民族的也就是世界的！

　　当前，或许是最近三十年来，在文学市侩主义——即单一以经济实惠的所谓"揭露文学"，70后、80后单一时尚化都市生活，充满无尽欲望的追求、低级怪异的个人趣味充斥、流行的情况下，《历史的天空》《八路军》《亮剑》《人间正道是沧桑》《潜伏》等中华民族主流意识文学创作使人眼前一亮，尤其现在播出的《我的兄弟叫顺溜》尤为使人兴奋！这些作品中，我们民族的历史与现实，我们民族英雄的成长进步，与我们今天绝大多数人的生存、命运息息相关。朱苏进这个作家了不起，他和他的同人为我们的历史做出了贡献。

2009.7.10

用伟大成就照亮历史和未来

——哀钱学森谢世

一个人，用怎样的成就照亮一段历史？以怎样的力量感动一个民族？钱老在科学界是前无古人的。

他生于推翻帝制的1911年，成长在山河破碎的晦暗年代，成功于新中国"两弹一星"的雄奇伟业。他伴随我国从屈辱到复兴的伟大历程，他的思想，他的贡献，将同中华民族的历史写入永恒……

钱学森是一个领域、一个时代的巅峰。西式教育创新意识的熏陶，并未冲淡他身上中华传统文化的深深烙印。"利在一身勿谋也，利在天下必谋也。""克己奉公"的理念恪守终生，从未偏离，个人仅仅是沧海一粟，真正伟大的是党、人民和我们的国家。

正是这样的信念和美德才将他自己"无论在哪里都可抵五个师的兵力"的深厚功底，转化成中华民族耀眼的光和热。

巨人往矣，他们的脚步，无论多少鲜花和泪水，都无法挽留。历史的接力棒已经交给下一代。"社会主义建设需要更多的钱学森，国家才会有大发展。"这正是钱老的遗训，也正是我们前进的动力。

怅然别先人，殷殷待来者，念天地之悠悠，当慨然而奋进。

2009.11.8

落叶情思

初冬的周末，沐浴着明媚的阳光，我又走往我曾走过十二年的顺城大街末端的银杏树前。那时，银杏也不过胳膊粗细，如今都"牛高马大"有五层楼高了。出于对生命的热爱，每年春天我都格外关注最早春绿的叶子，是否是冬日最后落下的黄叶。但是我都失败了，我真的记不清残留在枝头的某一片黄叶是否是春日最大最绿的那一片。

我曾在我以前的日记里写过冬日银杏的落叶是金色"蝴蝶"，此时我感觉又变了。我以为黄叶似乎是悲凉的。我弯腰捡起一片叶子，仔细端详，她们失去了春日那"肥绿"——翠嫩欲滴，光彩照人，那样的生机盎然；如今她轻飘，脆薄，虽是黄色，那只能是风霜后的干涩。她只能向我表达，她不再是高挂枝头，拥抱阳光，尽享雨露，开心舒展的从前了……

人——难道也是和她一样吗？我——也是如此吗？叶子为什么要落？跌落在地，还是自愿飘落？是被躯干抛弃？这难道是世间永恒不变规律——大地在召唤，落叶归根吗？

那么，我的根在哪里？我怎么归宿我的河南渑池之根呢……

2009.12.22，成都文武路途中

膳食与营养

玉米粉红苕（薯）稀饭，是我小时最常吃的。因家里穷，白面、大米只在节日里偶然能吃到，况且父亲、母亲、大哥都舍不得多吃。二哥和我可以放开吃。富人家里的孩子都吃些什么？我没去想过。反正共产党来了，我们"穷人"家都翻了身，我家有六间房、十八亩地，我觉得很幸福。

学前时、上学后的假期里，种红苕、收芝麻、摘棉花、拾麦子是我常干的活。东地、南地里常有我小小的身影。别看我小，几乎所有农活我都会干。直到中学时、农业合作化后，在生产队挣工分，我都算"全劳力"（成人）。如今60多年过去了，不管那时人家看，还是后来自己想，我童年的生活都是最穷的了！每天走16里去上小学，中午吃黑馍（杂粮做的），吃红苕，不觉得累，不觉得苦！那时我对吃得好、穿得好的同学从不羡慕，相反，我有些瞧不起他们！因为我喜欢上学，学校里学的全部课程我都喜欢。老师讲的，基本上我都全部接受。我的考试成绩好，初小乡试，我考过两次，都是第一。连打算盘我也没输过！高小两年我都是连续优等生。县中三年，全县范围，仍无对手！直到高中一年级新生榜里，我仍然是第一班的第一名。一直生活在"老师爱，学生赞"中，第一代少年先锋队的大队委。初一时我外号："文豪"。那时，我认为，吃的什么和聪明与否没什么关系，甚至认为，生活富裕是坏事。

多年以后，我对营养的概念有了些了解，我才懂得，我们那时吃的多是"粗粮"，从今天营养学的角度看，不仅不差，反而比富裕同学更好！不然今天为什么特意高价买来荞麦、大麦、豆类食品呢？所以我说：我的聪明、智慧、健康体魄是"穷人家孩子"客观上的优势，是"苍天"给我带来的最好"礼物"！

2010.4.13

四爷和我

　　我的幼年，除了父母兄长、邻里老少之外，还有一位特殊老人，他陪我渐渐长大，而我也看着他慢慢老去——直至去世。

　　我的四爷名叫朱兵南，大概是1864年生的人。我记事起就听别人说他"都80多岁了"。说他特殊，其一，他是我们家的人，但他从不决定我们家的任何事务，我管他叫四爷，父母叫他"四叔"，后来我才知道他是我亲爷的兄弟。其二，他是我们张村及附近村子最高寿的人。还有一条：他终身未娶。其三，他从不和别人交往。我从未看到他和别人交谈，也不做下棋、拜访之类的任何活动，更从未见过他和任何人有纠纷、吵嘴之类的事。我无法理解他一生的上百个春秋是怎样度过的！也不知道在我们家享受"亲爷"待遇的他，为何父母对他感情比较淡泊。

　　偶然中他自我感叹：他是"长毛"时代的人。小小的名叫"三有"孙儿的我曾问他："爷爷，什么是'长毛'？'长毛'就是人的身上长着长长的'毛'吗？"他说："'长毛'就是造反。"那时我还没有上学，还不知道"太平天国"的故事，不然我一定问得没完呢。后来，四爷去世后，我在历史课上知道洪秀全、杨秀清、石达开他们那个时代农民起义反抗清朝的事儿。在课堂上我还曾联想到，四爷名叫"兵南"，是否就是洪秀全的义兵呢？可是他在世时我太小，不然我有可能让他讲出他英雄的事迹来。

我的四爷是在睡梦中去世的。头一天晚上，我二哥给他端了一大碗饭，他吃了，睡下，第二天早上他就去世了。除了我，我们家人都没有哭，就把他的丧事办了。

朱兵南，97岁——我的"四爷"，就这样成了我们家坟里的人。60多年后的今天，我小时候的很多事都忘记了，但是一个阳光明媚的早晨，太阳光洒在我的身上——我妈给我做的"绿底黑条长衫"，在我们家门口我为四爷点旱烟袋锅的情景成了我最早的永久记忆之一。那个高大、清瘦、黑棕色皱纹的脸的朱兵南老人，像中国千千万万的农民一样，他的形象深埋在我的心底！

2010.4.14

文志"叔"与建生"哥"

　　20世纪40年代初，可以说是中华民族历史上最困难的年代之一，尤其对中原和北方各省。但是在河南省西部渑池县千秋镇北八里张村南面一个几岁男孩的眼里，却是一个五彩缤纷、生机勃勃的世界。

　　我们家西院有个名叫"文志"的穷长工，整天穿着露出棉花的衣服，东奔西走，但为人却热情刚正，深得邻里老少喜欢。他没有女人，可是最喜欢我们小孩。文志叔的本事很大，会呼风唤雨，嘴角一动，"啾啾"几声，画眉小鸟就自动飞到他的手上；他时而披着破床单装鬼，时而又披着他打死的狼的狼皮，把我吓得怦怦心跳。为了能看到文志叔趣演，我坐在他家门墩儿上等他。（这是我最早的永久记忆之一，全身盘坐在大约二十厘米的石门墩儿上的我也就三岁多吧！）天要黑了，仍然没能看到文志叔，我妈来喊我回家吃饭，一把拉起我："他不是叫'蚊子'吗？晚上可是要咬人的，快走！"听大人说文志叔是从北山（中条山）里来的，在大黄河里还有好水性，只是现在在靠近我们陇海铁路的小村子中没法施展。在我幼年记忆中，圆脸，短发，明亮大眼上那又黑又直的眉毛，像两把利剑，实在威武得很！日本鬼子来到我们豫西的时候，我妈抱着我"跑老日"的事，我一点儿也不记得，只听大人说："我们都是命大的人，日本鬼子没把你叼走，那是万幸。"为了打鬼子，在我们那儿除了在洛阳的中央军——青年军，还有当地官方地方武装——游击队，还有共产党领导的穷人武装——"翻身队"。"翻身队"和"游击队"不时也要打仗。南院老徐叔在他的杂货铺悄悄对别人说："我们西院的文志叔就是'翻身队'的，有人看见他曾抱着两个人头！"但是我喜欢文志叔，他喜欢把我举得很高，我不相信他会杀人。尽管我亲眼看见过他背上有把亮闪闪的大刀！而这把大刀在土改时，我父亲也曾拿着它为穷人值夜。解放时，八路军的大部队，从我们村西的车路（大道）上整整走了一天一夜。这时，我们西院的文志叔成了我们村上共产党的支部书记——贾书记（贾书记一直当到1958年我离开故乡）。

贾书记——我的文志叔，常来到我们家找八路军指导员说话，见到我时，总欢喜地把我举过头顶，还不时给我一颗"糖"。我第一次吃的糖，是黄纸包着的，就是共产党文志叔给的。

我们家东院是一个张姓大家族的寡妇——镶金牙、戴耳环的小脚女人，因为她的儿子叫"建生"，我就叫她"建生妈"。她曾是这个世界上我唯一的"干妈"（不知是否正式认拜过），平心而论，幼年从记事的那些年起，除我们家的人以外，"建生妈"是最喜爱我的人了。她待我像心肝宝贝一样。在她家吃饭，晚上跟她一起睡，早上她用她家的金脸盆（黄铜）给我洗脸的情景，永远印记在我的脑海。她的儿子，我的建生哥，比我大哥小，比我二哥大，大概长我十二三岁。我非常喜欢和他一起玩。他把蓖麻籽夹眼皮上，"汪汪"地学狗叫，逗得我笑得合不拢嘴。我还朦胧记着他有个童养媳，小名叫"盆儿"，一直没圆房。记得他们家族中有个叫张文喜的恶霸，带着地主武装"游击队"的人，在他们家大闹，小盆儿还曾躲到我们家，因为后门是通的。过了很长一段时间，我不曾见到建生哥，后来听建生妈说，建生哥往北过了黄河参加了共产党八路军，"为咱穷人打天下"。从她那细眉下的眼睛里，我看见了一个女人为儿子的"自豪"。我也幻想着有一天，我也像建生哥一样叫她为我自豪！但在我读书以后，我再也没见到我的建生妈！我看到他们家的后院空无一人，心中惆怅无比！1989年，我回老家迁我父母的坟时，猛然发现在我父母坟的旁边不到十五米的地方，是我心目中崇高无比的建生哥的坟。那碑文上写着张建生，1946年7月加入太岳陈柳大军。新中国成立后，建生哥在济南市飞机场任警卫，后转业到北京颐和园疏浚公司。去世后，葬在家乡他家的老土地。没当上大官儿，可能是没有文化的原因吧！

　　西院的文志叔和东院的建生哥，是我小时最为密切的人，也都是共产党。我到四川航校后，我的大哥也成了共产党，而且还是义马的劳动模范。20世纪70年代初，我也加入了中国共产党。我想，我政治上属于他们，是理所当然的。为了这点，我很自豪！

2010.4.19

作家梦·"大前门"香烟·
"红旗"牌轿车

作家梦

成都春熙路旁的北新街，我并不陌生，近期因事又走北新街，许多往事似乎就是昨天……

北新街的26号当年是《青年作家》编辑部。23年前（1985年）我的第二篇小说发表在该文学刊物上。

成都女作家肖青对我说："金鹤同志，希望这是个开始，望你努力下去，文坛应该有你这样一位航空工作出身的作家。"有作品在《青年作家》发表是很荣幸的事，因为那时文艺创作是许多有为青年的梦想。那时我前后参加市文联的许多活动，还参加相关宴会，曾入围四川"鲁迅文学创作院"的第一批名单，但我后来并没有成为"作家"，反而成了一名"律师"。

一条香烟

北新街的对面，民航大厦的民航宾馆，当年是"民航招待所"，要坐飞机，市外人员必来这里。1965年，我23岁时，第一次享受民航职工优待——免费乘机探亲，我就住在这里。

那时我风华正茂，有人给我介绍一位对象——是南校场旁的502厂的女工，名叫舒碧玉。小舒比我小三岁，人很朴实正派，我们那时只是共同"走马路"——哪儿人多往哪儿走。我要回家探亲，自然少不了她跟我一起"走"，到了北新街招待所我住的房间坐了一会儿，她提出去望江公园，我顺手打开我带的小皮箱，从一条大前门香烟里拿一包揣在身上。不想这样便埋下"后患"。小舒是成都市团委书记的妹妹，其政治表现自不用说，在招待所，她看红地毯，就不迈脚；她说，那么好的红绒，踏上去就是"地主资本家"，你们民航的人就不是"贫下中农"吗？我赶忙解释说："这是国家礼节的需要，你看坐飞机的人，不是高干就是外宾呀……"

后来，我和舒碧玉的恋爱没"走"成功，听介绍人说，她说："大前门香烟一条，我一个月工资都买不到，还要'走'红地毯，太奢华了（她不知免费）。"小舒就因为这主动把我"辞退"了！

"红旗"牌轿车

我那次坐伊尔-14到西安要改乘火车，西安机场扩建，降落在咸阳，离西安车站有30公里，怎么走？乘务员对我很关心，她看见一个红旗车队开来送了大约六七个贵宾，说是日本人，要坐我们的飞机到北京，我下机后乘务员就去给我联系，"想办法坐外国人的轿车到西安"，我感谢她的大胆与热情（可能是因为在飞机上我帮他教乘客唱《毛主席语录》歌吧），没想到真成功了。那个送外宾车队的一个人对乘务员说："没问题，都是民航的人（那时我穿民航服），这几辆车，随你挑，都回西安！"就这样，我第一次坐轿车，而且是"红旗"，我身后还有一支车队，浩浩荡荡向西安进发……要是小舒看到了，又要说"还是贫下中农吗？！"。

2010.5.16

第二业余爱好

——青年伴侣"小提琴"小记

　　进初中的我，或许是由于读书增多，受历史文人琴棋书画雅趣的影响，或许是潜伏在身上的"音乐"细胞爆发的缘故，除了文学以外，我狂热地迷恋上音乐，尤其是被李老师选中参加了"中学合唱队"之后。在生活经费十分困难的情况下，我竟然用省下的"三元"（一个月的生活费）买了一个凤凰琴——带琴键的弹拨乐器。当琴弦响起之后，我不知父母兄嫂是如何感受，反正那声音使我自己陶醉。后来，一天夜里在学生宿舍楼听到高音笛的声音，我觉得十分有魅力，就心血来潮，把自己兄弟俩共用的两把伞（竹子做的）锯掉，做了个竹笛。我平生第一次上台演奏，是代表2班的乐器合奏。我是笛子手，吹的那支笛子，就是我自制的高音笛。这后来，我又到商店买了一把专业的洞箫。待夜深人静的月夜，那洞箫的悠扬之声响起——似"张良"，像"张羽"（都是戏剧里的人物），我觉得我很富有；我甚至觉得我的人生传奇即将开始。直到这时，我的音乐天分，才获得认可。赞扬的人中有青少年人，还有老年人，上村北边的一个老头，把他珍藏了三十年的笛子拿给我看，还讲了他年轻时与音乐的故事。他说："三有啊，人们都说'月笛年箫'，吹箫的功夫要深得多，虽然它声音不大，但传得远，只要你苦学，也算咱们村五十年来第一人啊！"

大概是1956年，我们渑池二中不知是由于何因，合唱队全体要到我的母校"千秋完小"采风拉练。那天下午，我看见音乐老师李祝民在用弓弦拉一个夹在脖子上的黄褐色乐器，那声音使我如痴如醉，那音色的悠扬委婉，至今难忘。同学们说那叫"小提琴"，是西洋乐器，是"大雅之堂"的高级乐器，从那时我下定决心，以后我非要用它奏出那样的声音。回到中学，我去问李老师："你拉的那'小提琴'要多少钱？"李老师和蔼地说："想要是不？这琴咱们小地方没有，我那次是借姚树录老师的。他是部队文工团下来的，他是高手，拉得很好。你要想学，找他去吧。"

姚老师是刚来的代课语文老师，我的语文好，很快和姚老师熟悉。1958年我刚上高一不久，就被选入"四川成都航空学校"学习。我们学校是河南西部重点中学，全校各年级高初中共32个班级，就我一人被选入航校。在我离校前，姚老师忽然对我说："小朱同学，我是从四川回来的，我们的部队驻在四川的雅安，以前是西康（我国旧省名）省会。成都我曾路过，'天府之国'是三国诸葛亮打造的。如能在沃野千里的蜀汉地界'为人民服务'，去保卫我国领空，那不仅是你的光荣，也是我们渑池中学的光荣！"

姚树录老师的这番感慨，是除小学杜老师外，第二个向我讲述四川的人。

就这样，我是带着对"空军、民航、航空"，也带着对音乐的美好憧憬走进了"中国人民解放军第十四航空学校"。数年之后，当我坐着由我自己检修的飞机，翱翔在苍穹的时候，我的"小提琴"音乐梦想也成了现实。1961年年底，我们第一次补发工资只有120元钱，我向家里寄了20元，还用了1元买了双草鞋，又用2元买了支钢笔，剩下的97元，我到成都买了一把"特级"小提琴。

从此，这把小提琴成了我青年时期的伴侣，除了看书，主要是文学、历史、哲学之外，节假日里，小提琴填补了我的生活的全部空间。在我们机务队里，有参加全军文艺会演，指挥大合唱坐在前排拉小提琴的无线电员李用瑞师傅，有修理所所长大连人张联帮，在他们这些业余老师的帮助和指导下，从西班牙的《小夜曲》到我国小提琴家马思聪的《思乡曲》、上海青年女提琴家俞丽拿《梁山伯与祝英台》，我一步一步向前迈进。从此，在四川各地业余文艺舞台上，如1965年歌剧《江姐》，1967年京剧《龙江颂》，1968年交响乐《沙家浜》，我作为中国人民解放军空军成都部队"138"部队的乐队的骨干成员、主要小提琴手活跃了十年！中学里的姚老师我后来没有再见过，他若知道那个听他讲述并鼓励过的学生的这些成绩，不知会不会感到欣慰！

1971年宣传队解散，之后由于工作繁忙，便正式终结了业余文艺舞台演出。那把"小提琴"——我青年时代的伴侣，在1979年我年迈的母亲来四川看我时，为了给老人家凑够路费，我把它转卖给了我的宣传队的好友，云南大理的李曙光。要是现在没有这个可能，可那时是困难时期，我不后悔，"儿报母恩，在所不惜"，它留给我的是"终生的财富"！

2010.5.26

情歌与我

——写给外孙女吴念真的话

在我的少年时期（新中国成立初期），那时没有电视，对北方贫瘠的农村来说，也就等于没电影、广播、报纸等传媒，那时的一些经典歌曲是如何传播的？！据我的体验是：知识分子是通过教育，由青年学生在社会上自然传播的。这里一个先决条件是歌曲必须是"好"，有相当的艺术吸引力，能引起部分人的兴趣，才有人为你义务传播，才有生命。

在高小五年级的时候，课堂上刘老师脚踏风琴（直到中学风琴的黑白键仍是音乐课主力乐器）教了一首《太阳出来喜洋洋》的四川民歌——它们词曲简洁、明朗，健康向上，给人一种勤劳和勇敢奋斗的高尚情怀，就像戏曲一样能够抓住人的心灵。这首歌，老师只教了两遍，我便记住了。第二天早上，我走在去千秋完小读书的路上，在裴村南地的路上，明媚的阳光照耀着绿色的田野，我情不自禁地唱出了"太阳出来喽儿，喜洋洋……"这好像是我第一次自然放歌；我敢说，这也是我对这首歌自动在我们家乡的传播……这首歌还有一个作用：我又一次记住了"四川"（第一次是听"白蛇传"的故事）。

我上初中的第二年，我们渑池一、二两个中学合并以后的那年深秋，晚自习课结束以后，一个女生的歌声"在那遥远的地方，有位好姑娘……她那粉红的小脸和动人的眼睛，好像晚上明媚的月亮……我愿做一只小羊，跟在她身旁，我愿她手里的皮鞭轻轻地打在我身上……"这歌声，直击我的心肺，使我屏住呼吸；"我愿放弃财产，跟她去放羊……我愿她手里的皮鞭轻轻地打在我身上……"直到最后结束时，那高八度的音符强烈震撼着我。当晚，那歌声反复萦回在我的脑海。第二天，我找到我们三年级二班的阮绍宗，他是我们班歌咏队的大奇才，打听到那歌是三年级六班的女生唱的。她就是我们校合唱队最美的姑娘呀！我坦承：从那以后我对那位以前不曾关注的姑娘有种高山仰止的感觉，是一种从未有过的崇拜。当然，最主要是因为她那首歌，是因为"遥远地方那位好姑娘"！因为那时，我们普遍地认为，谁能唱出"好歌"，谁就了不起！谁也不会追问那歌是谁创作的。好多年后，我才知道那首歌是歌王王洛宾的。那时说是"青海民歌"，不是"新疆民歌"所谓改编。当然那时传唱的曲子大概是"C调"，而今天这首歌是"E调"，结尾也不是高八度。

还有一首《康定情歌》，教我唱的是我的二哥——朱金城（我们兄弟俩是同校不同级），他是我很多"新东西"的老师。虽然是半个世纪以前的事了，至今，在月亮下面，在我们家西场的那棵大柿树下唱着："月亮弯啊弯，人才溜溜的好哟"仿佛仍清晰在眼前。当我又一次问及"康定"，我哥说："在四川。"这是我第三次对四川向往，"跑马溜溜的山上……"后来到了四川，才知道它是藏汉杂居地区，不过那时可能属于西康省。那首歌使康定走向全国，走向世界！

　　还有一首歌，使我每每听到它或演奏演唱到它都会落泪的，是《小河淌水》，和以上几首歌都属于"经典"。这首歌是在1965年左右，我听到我们同室住着的我的同行电气员云南人周廷清，在无意中哼唱的。我正在拉小提琴，马上停下来，向他"请教"。周廷清爱好文艺，但不擅长，他是我的"拥护者"，很支持我。我仔细把曲谱记下，用小提琴拉了起来，他来指正，不想这首歌后来成为我们文艺宣传队的一个节目，很得人喜欢。很多人都是从我那儿得到这首歌，直到20世纪80年代，歌唱家殷秀梅正规地唱了它。不久，名震天下的韦唯和她的那位北欧老外丈夫共同演唱了《小河淌水》这首情歌，更是名震海外。不过我认为，最充分演绎此歌内涵的要算是这夫妇二人了。

2010.5.31

天下最大的"庄"

大概是1973年，我们一行七人到河北省石家庄市西北驻地二航校，中午两点在火车站下车，考虑到回到驻地可能吃不成饭（在地勤食堂搭伙），就决定在闹市区把饭吃了再回去。我们接连走了两家饭馆，发现都是关门闭户，后来忍不住想问个清楚，走到第三家——照样如此，不同的是前面多了一条狗，"汪汪"直叫的狗吠声中，我们找到个守门的妇女，她解释是，现在是"午睡时间"，都不营业，要到下午四点钟才开门！新鲜，大城市，在北方还要睡午觉，实在没遇到过！

又走了大约十分钟—— 一个叫"天津狗不理"的包子店，他们没午睡，天津人也许先进，我们走了进去。一个老头说，只有昨天的凉包子，因为今天没生火！我们没好气地说："那你们还不如把门关上——免得我们浪费时间。"我们就这样悻悻离开市区直奔二航校校部机场而去。

"一个堂堂省会城市，竟然吃不到一顿中午饭。"我们的头熊永忠说。特设师赵家儒感慨道："真不愧是天下最大庄——'石家庄'啊！"

上海归来

说起上海，很多人从20世纪二三十年代印象出发，以亚洲第一繁华都市冠名。其实真实地讲，上海是近代工人运动的中心——中国共产党的诞生地，堪称是"红色圣地"。现在说起上海，又是世界现代文明的中心。

八九十年代我曾两次路过上海，到处修地铁，感觉很乱。我今天要回忆的是第一次到上海，那时是1973年年底，为民航飞行学院第一次到上海接收大修的飞机。

记得那时我对我的一双儿女特意讲了"水漫金山"的故事，接着就和机组一起出发了。那时我们全部按解放军的空军序列，一律着空军干部服装。我们只在南京路的和平饭店住了一夜，就到了龙华机场的102厂。为了检查飞机方便，也为了给学院节约开支，我们住在102厂招待所，而飞行人员仍住市内。102厂有我的老同学王泽源，是民航学雷锋的典型，一点都不感到陌生。我们到上海还有很多其他使命：要帮很多人采购生活用品。还担负着到上海同事的家中，看望他的家人，如袁永纶——家住上海浦东，张勇——家住上海当时最穷的烂泥渡路（现在是最现代化的上海高塔）。那时上海也是最困难的年代，物资供应虽然比内地多一些，但也很缺乏。我们每天就是到处采购牙膏、肥皂、衣物、鞋、皮箱……

　　等我们采购的任务完成得差不多了，飞机也好了，我们认真检查之后，才能飞回川。我们对飞机仔细检查了三次，故障、缺陷排除得差不多了。机组人员大多都归心似箭。但是在一次试飞中，在3800米的高空，我发现有两次汽油压力为"零"，发动机也有瞬间停车的现象。机械师张进才（北京的年轻人）想放一马，我说："不行，必须找到原因，不然，空中停车，我们大家生命都得搭上啊！"果然，第二天，在分解汽化器时，在汽油导管的接头处，找到一个多余的8号螺帽，是它不时堵塞汽油油路。我的这一坚持很重要，当天长途电话回报了校机务部门，当时就受到口头表扬，机务部门还做出决定：飞机好坏，由我签字作数（事后我还为此立了三等功）。第二个问题是，就在我们准备飞回四川的那一次检查时，发现飞机超重了，最后的原因是机长和副机长两人从102厂食堂买了三袋面粉。我要求将这三袋面粉一定退回去。飞机总算起飞了，先到南京，第二天到武汉，但"麻烦"来了，一连"三天"，都因"航路结冰"，不放我们回四川。12月27日那天，眼看元旦到了，再飞不成怎么办？听说武汉空管负责人原是我们机长的学生，于是机长和副机长就走了进去，通过人情关系，强逼人家勉强放行。

　　在零下5℃的寒冷中，在漫天阴云中，我们起飞了。空中我们看到大概到了今天的三峡——三斗坪处，先是驾驶室的风挡结冰，我打开了风挡电加温，但不到一分钟，高度表明显变化，似乎高度不稳，我提醒机长注意机翼前沿是否结冰？接着是发动机同样转速的情况，飞机开始降低高度，接着肉眼也能看到机翼前沿变形——说明已经开始结冰。报务员老黄已在大声呼喊着导航部门："我们飞机已经结冰，高度已自动下降至2600米！"稍后，我们得到空管部门回答："尽力保持高度，密切注意结冰情况，航向不变。目前已经航路静空！沉着，及时报高度！"

我看到老黄在联络时脸色发白，声音沙哑。唯有机械师小张穿着军大衣坐在那里一动不动。副机长说："小张还真沉得住气！"张说："该死该活毬朝上；当不当烈士由天定。"这时飞机已降到2400米，云雾的隐现中，我看见地面的山峰距我们是那么近，大概只有300米的样子。选迫降场吧，你看下面是长江三峡，有平地吗？！大概过了三分钟，飞机似乎停止了自动下降。机长把此情况直报塔台，塔台命令说"保持平飞！航向280°（达县方向）"，到达县上空降至1500米，也再没有冰，我们全体才长长出了一口气。副机长说："一小时仿佛是一天，真是不幸中的'万幸'。"我说："不幸是我们'自找'的，'大幸'是老天给的！"机长铁青着脸，一腔不开。显然，他意识到此次事件中自己应承担的"责任"。小张说："本来，我们就要成为全国各大报刊的'主角'了（飞机失事之意），可是老天不收我们，没办法呀！"从达县机场又用45分钟，下午15时我们回到了新津。

1973年12月27日，如果老天收留了我们的飞机和全体机组人员，那就没有了我以后37年的岁月，唉，那时我才31岁呀！
实不寻常的上海之行！

2010.6.6

重走"长征路"

1970年年底，在"文化大革命"最"左"的时期，不知是谁的主意，要来一次史无前例的"走毛主席革命路线"的实践教育。表现形式是把我们民航十四航校第一团的全体成员作为当年的"红军"长途拉练——名曰"重走当年红军的长征路"。主要路线是，由新津机场基地出发，经浦江、名山、雅安、天全、芦山、邛崃重回新津，行程约800多公里。但是对这次极"左"教育，据说后来受到民航和空军总部的批评："你们丢下机场的大批飞机，变为'陆军'走山沟，完全不合战时的要求！"

但是，从几十年以后的今天来看，那一次"兴师动众"大行动不是意义全无，我个人觉得作为那支部队文艺宣传队的一员，对"人生磨难"的体会，终生难以忘怀；就对个人素质的培养来说，总体是"受益良多"！

追忆革命先辈，走"当年红军长征路"，对我们这些第一代"红领巾"人来说是蛮有吸引力的。虽说我们走的路线，并非毛主席中央红军的长征路线，实际上是张国焘的南下成立伪党中央的"分裂路线"。

我们第一站的宿营地是新津南河的发源地——浦江县最西

的霖雨镇，走过今天"轻阳湖"的湖底（那时没有水库）就到了。霖雨镇是成都平原最西最偏僻的小镇，但镇上老百姓对人民解放军之热爱是我们没有想到的。

我们宿营之后的第一件事是准备晚上交响乐《沙家浜》的演出，事前还要采访一些拉练中发生的感人故事，把它编成节目，在演出中加演小节目，同当地群众联欢。这么多年过去了，我仍然记得当天令我们感动的故事：

——村民杀猪来慰问我们"亭江部队"（就是广汉石亭江边的那支民航兵）。他们把猪肉放在部队驻地，不要任何手续就走了，最后连霖雨镇以外的村都来送慰问肉了，以致猪肉超出了我们需要的两倍！！怎么办？我们提议领导：把这些慰问解放军的肉（老百姓很困难的年代）称过后，照当地猪肉最高价（每斤四角三分）买下，剩余的放上"感谢信"留给当地村民。

—— 一个青年农民志愿为部队挑水，他把水桶放在一起，怀抱"红宝书"——《毛主席语录》立正站在那儿，就是不走。问他怎么回事，他不说话，不停地向我们部队行鞠躬礼。后来才知道，他是一个哑巴，由于内心对解放军的热爱，非要解放军把他挑的水用了才肯走！

——当地的知识青年大多是成都人，他们围着我们说："解放军叔叔（其实比我们小不了多少），我们来此下乡快三年了，从来没看过电影，更不用说'文艺演出'了，还是交响乐《沙家浜》，你们来我们都'过节'了呀！"……

这些事，使我们很感动，老百姓和解放军的鱼水深情，不再是书本上、电影里那么遥远，而是贴切的实际体会！！

　　第二天，翻过一座不高的大山，直插通往雅安的重镇——名山县。我们驻地是名山县的粮食局，门前是一条河，吃饭就在河坝里。这时我突然想起宋朝苏老夫子"长江水、蒙山茶"的典故，蒙顶山茶还是朝廷的贡茶呢，它就在名山县！后来我又听政治教员说：名山县是张国焘不听中央指示，擅自命令红军攻打成都，牺牲红军人数最多的地方，我们肃然起敬，从内心向革命烈士致敬。晚上，我们不觉疲惫，用心演出（我是第一小提琴手）。演出完了，我看见一个小姑娘在看台抽泣，一问才知道，她在和我们联欢演出中，不小心把李铁梅的传家宝"红灯"弄掉在地上了，为此悲伤。

　　路过雅安，我们未停留，只在雅安北部的叫作始阳的地方吃了饭，准备翻过川西有名的瓦屋山（也叫瓦断山），直插天全县的陈家窝，那里是我们的目的地。经过五个小时，我们算是走到了瓦屋山（有4000～5000米高）。要出山时，已经是晚上了，按照上级的指示，一根长长的绳子把每个人的手臂拴在一起，是怕晚上你的脚万一踩空掉下山岩。那晚真是糊里糊涂走过瓦屋的最险处，天亮后看到那陡峭的山岩，真是后怕，不知昨晚是怎么走过的！天全县西南的陈家窝，是四面环山的窝地，地很平，物产也比较丰富——这里是红四方面军在张国焘的错误引领下成立伪中央的地方。朱德总司令住过的地方、红军大学里许世友将军住过的地方，我们都一一做了拜谒（我们就住在以前的红军大学里）。在天全停留了两天，我们和当地老百姓没批"错误路线"，只是缅怀红军的伟大。之后，我们又经雅安北上，向芦山县走去。

芦山县，以发现大熊猫出名，同时又是生产大理石的地方，县城虽小，但内地文化气氛很浓。听说县北20公里的大山里，有座有名的全国政治犯监狱，胡风这个50年代被定为反革命集团的头子就关押在此。

为此，我们在经过此地时，该监狱还派了两名狱警跟随我们，以防意外发生。

到了玉溪河工程地方，听说是一座山洞里的水力发电工程，我们稍作休整，就要向东翻越镇西山，之后就到邛崃境内了。

年底的寒风中，夹着雪花的小雨中，泥泞不堪的山路中，我背着已湿的背包，脖子上还挎着小提琴，艰难地前进着。大山上"之"字小路是新修的，路边有许多松土，不知是谁，为了缩短路程，不再走"之"字路，而是直下，后来我们都参与其中。

我们一干人正下到半山腰，有人在上面喊了一声"下去了"，我猛地感到有危险，马上下意识地向左一闪，一个一米见方的石头飞速从我右边滚下，那石头刚好经过我刚才抬起右脚的地方……那情景使我冒出冷汗：如果我不是向左而是向右呢？我不就被砸下山了吗？！……不堪设想啊！我深感是上天在保佑我，虽然我从来不迷信。回到新津东城门洞家里后，我爱人和岳母大人也都说，这几天眼皮跳、心慌，该不会大难临头吧，她们听了我的"遇险一说"，也都说，是"上天在保佑我"。

翻过那个我终生难忘的镇西山，就到了邛崃的马湖营，马湖营是公社所在地，别的印象已淡，令我清晰记住的是公社礼堂后边的厕所，那厕所之大，令人称奇，用木头做的便坑两排，一排一边是30个坑，两边就是60个坑，两排加起来就是120个坑。我敢说那是世界上最大的厕所！

之后又走了三个小时，就到了火井公社。"火井"这地名是怎么来的？最后才知道是东汉时，这里地下喷火，人们还用它烧瓷器。说明这里是世界上最早使用天然气的地方……

许多年后的今天，在我的记忆里，什么是累？！我一想到那次拉练中夜走瓦屋山，一想到风雨之中走的镇西山的"之"字路，便不算什么了。正是：

"北斗人生"指坐标，艰苦磨炼走锋刀；
堂正真善座右铭，敢为平民无畏操？

2010.6.11

与白志坚的友谊

白志坚，河北省人，1965年北京航空学院导弹轨迹系毕业，由于他姑父的历史问题，他被从分配到罗布泊的名单中取掉，改分配到我校中国民航学院二中队当了一名航空机械员。"文革"中官方认为政治表现不好，他被下放到江西民航五七干校劳动。后偶然机会成了民航总局刘锦平中将的秘书，先后任民航总局政治部主任兼干部部部长、北京民航管理局政委、中航航空器材总公司副经理、中国油料总公司经理、中国航材总公司经理等职。先后多次随同时任党中央总书记、国家主席江泽民，国务院总理朱镕基出访外国，代表中国与美国、法国等签订大笔飞机购买协议。

1968年，在"文革"极"左"思潮的高潮中，由我校60年代初中级下放地方（成都）的部分人员组成"赴航校造反团"来到我校，对我校各项工作造成极大冲击，之后国务院民航总局、军委、空军为保持国家稳定，先后对我校进行三个月的政治整顿和思想清理。之后，分别对受"造反"影响的人做了组织处理。但当时就全国大形势来说，仍以"保卫毛主席革命路线"为名的极"左"思潮为主流。当时我校的人员组成正在由"工农解放军型"转为"知识性人才"阶段的过渡中。全国名牌大学如北大、清华、南航、北航、复旦等大批毕业生不断补充进来。这批新大学生思想活跃，探索精神强，对原先管理他们的领导时常提出质疑。用今天的话说：就是不太听话。我是我们原来队伍中爱学习的小知识者，经过多年的实践，新旧人员都能接纳的。我与白志坚这位大学生，还有其他一些名牌大学的男女大学生在机务工作中，在业余文艺活动中，在共同的学习和讨论中，逐渐形成共识，成为很好的朋友。

一日傍晚，我在院中树下看书——是从图书馆借来的《窃国大盗袁世凯》，白志坚从我身边走过，好奇地问："看的什么书？"我没有用语言回答，把书翻过来给他看了封面；有可能是封面的书名引起了他的思考，他很真心也很随便地对我说："现在刘少奇的位置不保，林彪一下蹿到前面了，都超过周总理了……你说，这'文化大革命'会不会是林彪搞的和平政变？！"他的话把我惊呆了：这题目太大了，也太危险了，虽然是思考，但绝不能说出来呀！我用"老同志"式的目光瞪了他一眼；他也应该知道，那是一个知心式的批评，我没有说任何话，便拿起书本走开了。大概几周后，在全校人员大会上，紧跟林彪、"四人帮"一伙的掌权人，采用突然袭击的方式，突然点名："在机务工程大队二中队的七分队，资产阶级知识气息浓厚，存在不少奇谈怪论，甚至还有攻击毛主席革命路线的言行……"我大吃一惊，接着又有人在台下呼应："七分队的人站起来！"极"左"时期最恐怖的一幕开始了——白志坚、王石林、李金水、黄友松等这些平时爱和我说话的人都被叫起来，白志坚还被揪到台上，被摘下帽子，交代反动言论，肃清流毒……我清楚地知道，不可能有具体的反动言论事实，充其量是在政治学习时有一些不同于上级的独立意见，本质都是好的，怎么能这样整人呢？！

但是，我马上回忆起前些天白志坚同我谈的"和平政变"设想，那话要是说出来，是要定性（反革命）的啊！我想到此，便不寒而栗！我下定决心，今后在任何时候，都不能讲出来，我不能害人！我绝不能在别人倒霉时再踏别人一脚！同时，我也意识到这是对自己的保护，因为本质上我们都是真心崇拜马列主义毛泽东思想的好青年。

果不其然，在过后一个星期揭发和自我检查中，我只以小资产阶级思想、和知识分子打得火热来搪塞。在那时"知识越多越反动"的错误意识指导下，大字不识一个、每天业余打牌是最好的。后来，因七分队的白志坚等没有什么反动言行，只是革命立场模糊，被下放江西民航五七干校劳动改造，没有上升为敌我矛盾。

几年后，我听说，空军副司令兼中国民航总局局长刘锦平中将到江西五七干校视察时看中了白志坚，随后白志坚到了北京当了刘局长的秘书。对这个消息我开始半信半疑，后来证明是真的。别人说，白是因祸得福，他不到五七干校，刘锦平怎么可能认识他？！我说：说明他有能力，有见解，别人也许对林彪有看法，但谁敢说半个不字？

转眼到了1985年，白志坚当了民航总局干部部部长，接着又当了政治部主任。他到我们学校来巡视，当年斗过他的一些人，心有余悸，把账往"四人帮"身上推。那时我虽然提了干，到了政治处工作，但只是一个小小干事，而白志坚——我这位青年时代的朋友却是中国民航政工干部最大的官儿！因此，在欢迎白志坚重回故地中，我走在最后。但是，令我意外的是，白志坚看见了我，也知道我在欢迎人群中是最后，所以在"座次"排定之后，他特意反转回来，走到我的面前，伸出手来，真诚地同我相拥，"朱金鹤，你好！"我连忙说："白部长好！"说那话时，我感到我不卑微，因为当时白志坚和我心里都明白，那是特殊年代里的信任和友谊。

90年代初，我已是四川省个体私营试验县新津县的政府法律顾问处主任，在因为外贸企业的涉外诉讼案到天津办案时，路过北京特意住在东四的民航招待所，探望了《中国民航报》的老总编愈总编，了解到白志坚早已到中国油料总公司任总经理，我要通了白志坚的电话，到了北京安贞桥他的公司办公室，进行了友好叙会，一起畅谈了20多年前我们在一起的友好岁月，尤其是那个年代中，朋友的真诚和卓著的见解。就在他的办公室吃饭，照相（可惜，我的照片没照好，只有半边），充分体现我们相互赏识和信任。后来，他劝我回到四川民航学校，他说，他只要打个电话就可以。我告诉他："我是志愿离开民航飞行学院的，我当时主动要求走的，是新津具的具委书记陈光志特意请我去的，虽然离开民航确实失去了不少的物质利益，但你了解我的性格，我不可能再回到学院了。"白志坚又劝我："你既然已是律师，那就到北京来，在我们油库公司做国内法律事务部主任，不必试用。"我那时在成都律师界已小有名气。到北京和白志坚一起工作当然很好，但那时北京的家属户口暂时无法解决，为了能和子女在一起，我犹豫了好久，最后还是谢绝了。八个小时的时间很短，我最后还是依依不舍地告别了青年时期的好朋友。我后来又去北京时，到安平里的中国油料总公司，他那时已进入二线，正在白洋淀休假，我们没见面，但两人心中永远记着对方。正是：

世事善待不用虑，"自书"人生无端谜。
友情若是长久时，不欲私利方"知己"。

2010.6.18

"代课教员"的日子
——我的"助教"成教授

新中国成立后，在我们第一代"红领巾"的青年时代，虽然没有学衔、职称之类的东西，但一个人要立身社会，必须有相应的资本——也就是说，吃饭的本钱。对个人业务能力水平的提高，是相当重视的，人人都争当最好的。北京的商业服务员张秉贵"一抓准"听说过吗？1964年，全军大比武的高潮中，神枪手、神炮手、技术能手都是五六十年代对个人业务能力要求的体现。

1958年9月，我被选到中国民航的唯一学府——中国人民解放军第十四航空学校学习航空机务。一个大字不识的三代贫下中农的后代，能搬弄飞机上天，那是从前不可想象的，当时从全国选来的将近500人，我被分配到学航空电气专业。我们的老师大多是从美国或苏联归来报效祖国的名牌大学的知识分子，而我们学生的水平以初中毕业为主，也有的应属高中。社会出身是清一色的工人或贫下中农。那是"大跃进"的年代，学校的宗旨就是抗大精神，师生是同志关系，是尽快掌握为人民服务的本领，是打击国内外阶级敌人对我们年轻祖国的封锁，是建设强大国家的政治任务的需要。我们理训处的教导主任是杨一德，他是从美国归来的航空专家。就是这样的一些人，由四川新津五津镇搬家到天津，逐渐组成中国民航大学。每天是6节课，每节2小时，计每天12小时学习时间，每两周放一次假。在8个月的时间里，我先后学了《飞机学》《发动机学》《电工学》《航空电气设备》《材料学》，这是后来大学里要两年才能完成的学业。考试全是当着教员的面抽题，至今，我仍然记得我的发动机课的题目是"发动机曲轴的功能"。考学生的要求是：对面前的飞机部件应该怎么做？为什么要这么做？……我们的实习就是毕业后到单位工作中的实践。就这样，在1959年10月，我们中国民航大学的第二期学生成为撑起民航机务工程大业的机务人员，由于那是中国人民解放军十四航校颁发的毕业证，在几十年之后，才追认我们是中专毕业（时间短）。

就这样，1964年全军大比武的时候，我代表飞行学院第一分院参加技术能手考核，成为七个技术能手之一（一种专业只有一个名额，也就是必须是本专业的冠军）。1965年，总结机务经验，由我执笔起草了推广全国民航的"夏北浩飞机检查法"，然而由于年纪小，性格单纯，不懂各方沟通，通常以"自命清高"、"骄傲自满"或"单纯军事观点"未被重用。后来，1973年、1974年两次代表一分院技术人员出色地完成了上海、北京、石家庄接收飞机的任务，虽未提干，但已入党。1975年选中我作为培训下一代新机务人员的主任教员。

要把刚从地方选来的义务工变为合格的机务人员，还要思想好技术精，谈何容易！上级（工程机务所大队长）当时这样对我讲："朱金鹤同志，你聪明，既有实践又有理论，经党委研究，上级把这个任务交给你，由你当这个航空机电设备专业维修班的主任教员，由你再选两三个人给你当助手，你们这个班子来完成党交给你的任务。"我说："不是有新调来的南航毕业的沈孝云吗？""他新来，对飞机还没有实践经验，只给你当助教，责任由你承担。"我把这项工作当作组织对我的考验，又挑选了北京的许新邯（党员干部，是我的徒弟），还有同学何家政等，开始了教学生涯，而待遇仍是一个"电气员"。

我以我个人技术成长经历，依照当时的社会条件尽力实践十四航校"三大队式"的教育，以王自印、刘银虎为班长。那二十八名学员，终于完成了教育课程，最后由总校机务处派人组织毕业考试，全部合格。王自印现在任机务队书记，工程师，而身为民航西南管理局的刘银虎早为正处级技术干部。1990年我以律师身份在重庆航站曾见过刘银虎，他的盛情款待使我深为欣慰。

1976年，第二期机电专业培训开始三个月，突然停止，说是要恢复"文革"前的正式教育。于是我便结束了代理教员的生涯。但一个月后的一天，大队领导找到我正式征求我的意见："总校教务处对我们新津两期（实际只有一期）培训很满意，想调你当'代理'教员，你认为如何？"我反问："我不是当了两期主任教员了吗？""那是'代理'教员。""我不是合格了吗，怎么还'代理'？""你这个人性急，现在你未正式提干。调你去后，也许提了干，就成为正式的了。""要是合格就是正式调动，如果还是'代理'，我坚决不去。""何家政同意去。""那是他的事，和我无关。"就这样我终止了"教员"的工作。仍以电气元老的身份在机务队工作。

从那以后，我把多余的精力都投入到从小就热爱、追求的业余文学创作中去了。

2010.6.21

永远的怀念

母亲是一条河，我是河中的小鱼。

母亲是一座山，我是山上的小草。

母亲是阳光，我是阳光下的禾苗。

1975年，在那个物质和文化十分贫乏的特殊年代，我曾接老母亲来川，在新津东门的"新凤二院"住了一个半月。这件事算是我对父母仅有的一点尽孝行为，也给我留下终生的遗憾。

河南那头，二哥把母亲送上火车。36小时后的那天夜里，我去成都火车北站接母亲。我首先在火车站的广播里播出："从河南三门峡来的陈俊英老大娘，你儿三有来站台处接你，希望你下车后原地等他。"可是老母亲也许是旅途困倦，也许是思儿心切，她没听到广播，而是一个人向出站口走去。还好，在出站口处她终于停了下来。我苦苦寻找，终于在出站口边见到了老母亲。"妈啊，你让我好找……"然后我们无比高兴地行走在大道上。可是走了大约五分钟，我忽然发现方向不对，我这个"成都通"怎么搞的？我本来是接母亲到城里草市街招待所住下，第二天再到新津，可是我走的不是人民北路，而是向东……我急忙向老母亲表示歉意，母亲说："有娃，没啥，我在车上坐久了，正想多走走呢。""也真是的，看到老妈就不知道方向了。"我自责地对自己说。第二天一早，早饭后，我和母亲乘1路车到武侯祠方向的南门汽车站，我指着旁边高大柏树簇拥的建筑说："妈，这儿就是古时候诸葛亮的家——""怎么，这儿就是三国里诸葛丞相的家？"母亲惊喜地反问。我妈虽不识字，但她爱看戏。东戏、西戏都爱看。东戏是"河南梆子"，西戏是"陕西秦腔"。以她对中国古文化的了解，表现出中国农村妇女对古代伟人的极大敬仰。我当时也曾向母亲保证："以后一定抽时间带母亲到武侯祠瞻仰。"

回到新津家里，妻子玉瑶、五岁的女儿朱梅、四岁的儿子朱丹及岳母自然高兴异常，其乐融融。

我原计划母亲在此至少要住上一年半载，没想到不到一个月她就要求回河南老家。那是我一生中经济最拮据的年代，竟然连母亲回家的100元路费都拿不出。我终生没有借钱的习惯，那是我一生的第一次，也是唯一一次。一中队的挚友李曙光知道此事后，当即塞给我100元。半个月后派上用场，送母亲回河南。第二年李曙光因婚姻政审不合格，被送回云南大理，到云南丝厂工作。走时，我把我第一次发工资时97元买的"特级小提琴"，也是伴我度过青春年华的小提琴转卖给了他，说"这是我们共同的青春"，他十分高兴。分别后，我们一直保持书信往来。90年代我当了律师，还专程到云南大理看望李曙光，一块儿游洱海，逛蝴蝶泉。

送母亲回河南之前，母亲向我陈述她的想法："看到三儿你和你媳妇及儿女过得很好，我这一生就满足了，也可以给你爸'交代了'。三儿呀，你知道，你爸一生最爱你这个小儿子。1958年，你'招飞'之后，他天天想你，直到那年冬天他去世，仍念念不忘……是他叫我们都不要告诉你他去世的事，怕影响你的事业……"我止不住眼泪滴下："妈，我知道……"

"我在这儿，气候、生活、吃食都不太习惯，另外还有最重要的——我这把老骨头，要是有什么'意外'，你怎么办？我是怕呀……"

半月之后，我送母亲到武侯祠南门汽车站时，我要实现对母亲的承诺"游武侯祠"，但是我亲眼看到那天武侯祠大门紧闭。在那极"左"的年代，文物单位"关门"是常有的事，我理解。但对别人来说，是暂时的，对我个人与老母亲来说，是永久地"错过了"。后来，我很少去武侯祠，都是因为心里愧疚的原因。

当时我还有一个愿望，就是请母亲看场戏。可那年头，除了样板戏，哪有老戏可看？虽然遗憾，却是无能为力。

只有一件事遂了母亲心愿，就在武侯祠门外对面，我给她老人家买了10个大馒头，母亲十分满意。她说："一会儿上了火车，一天多点，到三门峡，你二哥接我，你就放心吧。"

我到火车北站送母亲在火车上坐好，又向车厢服务员嘱托，送了她五元钱，请她代看老母。我转身下车，我泪光模糊中，火车开动了……送我老母亲的火车开动了……我意识到：此时，我真的离开了妈妈的怀抱。

回到新津，那天飞行，看到天上的飞机，我的心猛然一恸，"天哪，陪妈坐飞机的'大事'没办。"我后悔地把头往车窗一撞："不可弥补的过错，我真该死……"

1978年，我再次回河南渑池千秋张村老家看到母亲时，她已是重病在床。我睡在她的脚头，每天为她干枯的腿、脚按摩。用旧报纸为她接痰……每到半夜，她意识又回到年轻时逃荒年代……"小挪（我大姐），黑日（我大哥）"不停念叨。等到我的假期期满，再拖就要超假了。那年头，探亲如超假，是"品质问题"，是不能容忍的。我只能向老母亲撒个谎："要到县城看老师、同学，下午就回来。"她同意了。可我走到大门口，回身转向老母下跪，磕了三个响头。以此做诀别，上天是看到的，大地是知晓的，天地无奈，三有我虽有孝心，但孝行太差，回报太少了，愿你能原谅我……

1979年初，母亲永别了我们，终年七十五岁（生于河南巩县，1904年农历十月初六生，排行老五，小名"王女儿"）。从此父母只在我心中。

2011.6.23

文学之"梦"

人生路长长又短，作家梦亦在眼前。

农工兵学皆经历，仍无"大作"出世间。

从中学开始，文学和音乐是我生命中的重要组成部分。如果家境宽裕一些，或许我有可能走上艺术道路。记得1958年我被选飞到航校的时候，曾受到我的母校渑池中学高一（1）班几乎全体师生的赞誉，但我察觉到我的文学老师刘千选内心并不同意，只是基于大家的支持，他不好说什么。实际上，我明白，他希望我读的不是军校，而是名牌文科大学。他对我从初一时就抱有希望，希望有一天，我能成为他的"李准"第二。刘老师是个大胖子，非常和蔼。他在洛阳师范任教时，李准是个年轻教师，他把李准当成学生一样辅导。

1953年，李准的成名小说《不能走那条路》在发表前曾征求刘老师的意见。后来"大作"惊动全国，李准成了社会主义时代文学创作的标志性人物。

中学时和我同样受到刘老师重视的还有皮景闲，他是本县果园人，听说他也是因家贫后来上了平顶山煤校，不知他的文学梦"梦"得如何？再也没有消息，都50多年了。我时常记起，初一时那年春天，住宿的全班同学都被传染瘟病，唯独我例外，每天提着桶，为全班同学送饭，之后就端坐在室外，沐浴着阳光，专心读《红旗谱》，仿佛"朱老忠"就在眼前。《铁道游击队》是我在回家的铁路上边走边读的，还有巴金的《家》《春》《秋》。现在回想起来，我是最大的受教育者，很遗憾，没有能通过作品把感动传授给别人，尤其是下一代人。

　　和我同村的贾荣富，后来当了县委宣传部部长。他后来和我小学同学李素梅结婚。记得我有一次回家，还到渑池在他家做客。我班上的李建义后来当了义马市电视台台长，至于义马的卢道印，他当时在文学上与我意趣相投。总之，新中国成立后读书、成长起来（从文学上说）的那代人，虽然人数不少，但预期成功者，似乎并不多。现在回想起来，我后来终未走向文学的原因大致如下：第一，爱好过于广泛，这是优点，也是缺点，对政治、哲学、法律、音乐的爱好分散了一定精力。第二，太重视文学评论，形成"眼高手低"，妨碍了实践。第三，生活面单一，只熟悉航空，没有把作品重点放在熟悉领域，反而把写作兴趣放在不熟悉的领域，如革命史题材方面，创作与生活脱节。第四，文学创作并非生活之路，只身打拼，时时担心家庭生活上的后顾之忧。第五，社会政治运动不断，大而动荡，导致我对社会发展的前瞻性认识不坚决。第六，我虽然对文学用功，但只是不系统的自学，总的"功底"不够，也制约了发展。

总之，我现时回想，或许还是那句老话："有心栽花花不发，无心插柳柳成荫。"为"作家"梦，成"律师"果，不仅熟悉我的人——民航界、文艺界的友人没想到，连我自己也没想到！

2010.6.25

"三年主簿"

——忆在政治处的日子

莫愁湖边走，春光满枝头。

花儿含羞笑，碧水也温柔。

莫愁女前留个影，江山秀美人风流。

啊，莫愁，啊，莫愁，劝君莫忧愁。

莫愁湖边走，秋夜歌当头。

欢歌伴短笛，笑语满湖流。

自古人生多风浪，何须愁白少年头。

啊，莫愁，啊，莫愁，劝君莫忧愁。

记得在20世纪80年代初，在我人生最不得意的时刻，是这首《莫愁歌》在宽慰着我，鼓舞着我，我用毛笔把这首歌写在白宣纸上，并郑重地贴在墙上——是它在历练着我的人生。它告诉我：一个正直善良、刚正不阿、有多种才能、既爱国又爱党的人，终有施展抱负的一天。

这一天终于来了。1984年10月的一天，分校首长覃道绍（政治处主任）到校务大队我的宿舍亲口说："朱金鹤，这回'该'你了。"我问："'该'什么啦？""调你到政治处来当干事，这回你的问题解决了。"原来覃主任早就关心着我，从电气员到政治处干事是个不小的信任和关怀；但我深知任重而道远，他的话语里也含着校务队里有人出于"嫉妒"而借口我是技术尖子阻挠我改行升职。干部不等于"官"，都四十二岁了，只能说到职之后，多办事，办好事，用"成绩"来证明自己。我这"干事"是名副其实：搞宣传，是代表党委的思想领导，执行党委的思想领导的重要一环，是书记的助手。看待每一个人，尤其干部要实事求是，要公平合理，要向书记提出正确的建议。每次大的政治学习和运动，要代表领导首先提出计划、方案，重点要实现的目的，再替领导做报告草稿，然后再向上级党委写出总结报告。平时还要管理组织文化娱乐活动。

"问题"来啦，曾有人对覃道绍——我的顶头上司的"党籍"提出质疑。处级以上干部按照规定，要提出入党的证明人，但派去外调的人员都找不到"证明"，说证明人踪迹不明，有可能在"抗美援朝"时牺牲了。对这个"棘手"的问题，最后在总结中我按照法学中"惑疑从无"的原则——即原单位没有提出否认的意见，其他人也没有直接证据，应视为原党籍有效。我的这一意见，获得总校党委认可。覃主任后来还被提升为分校书记。在任宣传干事三年的日子里，最突出的成绩是通讯报道。就我个人而言，先后有八篇报道在省级、市级报纸及全国《民航报》上发表。

1986年，我参加了民航全国优秀通讯工作会议，其间又有小说在《青年作家》发表。后来又参加了由中国民航组织的中国作家协会在双流的培训，民航政治部也征求我是否愿到《民航报》当文艺部编辑，我谢绝了。其原因是1985年我就自己报名参加了中国政法大学第一届律师函授学习。说起学法仍和文艺有关，记得"文革"后文艺开放，我观看了印度电影《流浪者》和巴基斯坦电影《在人间》，受了"法治"思想的影响，盼望中国也走法治道路，对"律师"这一行业有着朦胧的崇拜。当时国内也有很多人呼吁中国应该接收"文化大革命"的教训，走向法制民主时代。在此情况下，我放弃了"文学"走上"法学"。1987年，通过三年的学习，最后在四川省总工会组织的正规考试中13门课及格，领到文凭，为之后展开律师正规执业打通了道路。但是回想学习的过程，很有趣。当我参加法律学习半年后，单位上提倡参加成人的在职学习，并要我报考党政专业，叫我放弃法律。我对覃道绍主任说："政治和法律其实是一回事，而且我又学了半年了，我不可能改变。"对这一问题，在五年之后（那是我到新津县法律顾问处当主任以后），他承认我的坚持是正确的。

　　回忆三年政治处的干部生涯，最难忘的是办公大楼东南边第二间清洁明亮的办公室，木头地板给人静谧的感觉，窗外还有一株高大吐绿放艳的"红玉兰"，正是在她的注视下，我完成了小说《最后的红玉兰》。同室里有刚从川师大毕业来实习的彭州电厂厂长的女儿李蓉，她热情、心细，和她相处一室有时代感。她的实习由我带，她的第一篇文稿发表，也是在我的指导下完成的。我们之间古往今来、国内国际无所不谈，几乎成为忘年之交。我当律师后，李蓉调往总校，后提升为理训处学生部的书记，之后又兼任党委秘书，成为正处级干部。我到广汉曾到她家拜访，她非常热情，"朱师傅"挂在嘴边。她是少有的能理解支持我的人之一，记得她到广汉后我们经常通信，直升机学员小关正在追她，她多次征求我的意见，最终放弃了，后来找了个体育教员。小关最后当了分校校长——关院长，我们相见，他也十分热情。

回忆在航校政治处三年"主簿"（即政治秘书）的日子里，我觉得最有意义的一件事，是以新的高度对我校"十年动乱"的总结。我在总结里提到：就我校的各类人员组成，为长征、抗日、解放三个时期的老党员军人、工人、贫下中农的后代，他们热爱党，热爱社会主义，而在"十年动乱"时期，我们的党中央是分裂的，对大多数人来讲，"对"与"错"难以分辨。"革命派"说"保守者"没有继续革命，而正统派说在共产党领导下，所谓"造反"是对革命的背离！说到底，是在完成社会主义改造以后，如何走以后革命的路，该怎么建设社会主义新中国！！这中间，除极少数心怀野心之外，大多数人都是在实践中摸索。包括我们党的领袖人物，正所谓："路漫漫其修远兮，吾将上下而求索。"可以肯定地说，没有"文革"十年关于革命道路的大争论，就不会有"改革开放"的坚定不移，就不会有社会的主流共识，就不会形成以邓小平思想为核心的"中国特色的社会主义"！我们要吸取的教训是：任何时候，都不能因为个人的一己之利，忘记党的"为大多数人谋利益"的基本原则、忘记"忠诚老实"这个做人的本分、忘记共产党员"为人民服务"的宗旨。共产党员也要个人利益，但只能是采用合法的形式！我这些话跳出"形式主义"的框框，在80年代那时是超前的。今天来看也基本正确。

　　作为一个党员，作为我们党的一个最基层的宣传干部，作为爱学习、不断追求进步的我，在全校大会上，我听到分校党委书记林继总念出由我执笔的文稿时，我感到心中无限的宽慰！

2010.6.30

怀念周总理

　　近几年，中国人民的生活逐渐繁荣稳定，尽管也发生了大地震（两次）及多次冰灾、水灾、旱灾等自然灾害，但就全国范围来说是幸福的。个别恐怖主义事件不仅没有破坏国家安定，反而教育了全国人民，促使中国的各族人民更加团结、和谐。回想起我们年轻时的六七十年代，最令人难忘的要数1976年，那年政治动荡，"四人帮"横行，人心不定，物质匮乏，对自然灾害的应对能力尚低，唐山大地震给中国人民造成了重大损失，而中国革命的三大巨星——毛主席、周总理、朱德元帅去世，给我们那代人带来不少心灵创伤。我在这里只回忆得到周总理去世的消息以后的感受。

　　1976年元月，那年特别冷，那天早上从广播中听到"敬爱的周总理去世"的噩耗时，我正骑车从家回到机场，我茫然地看到水井边的竹子不少已冻死，我停下自行车，泪水止不住流了下来。看着草地上的冰霜，我仿佛感到天地都在转动。从我记事起，周总理就好像"我们的家人"，"我们家的老人"，如果他老人家去了，这日子怎么过？中国怎么办？中国的乱局何日终了……

　　周总理的灵堂，当时听说上级不主张设，但我们不管一切，主动找来竹子、柏枝等，每个有支部的单位都搭上了。后来也没听到上级再说什么。谁敢反对？谁能反对？1975年评"水浒"，"四人帮"实际上是想诋毁周恩来，但谁都知道，周总理和"宋江"扯不上边儿。周总理在人民群众心目中是座"大山"，"四人帮"的阴谋，是不可能得逞的。"四人帮"可能也清楚这一点，不管他们怎么"折腾"，从来不敢"明目张胆"针对周总理。三、四月，从新津邻居艾世远那里，从北京义务工子弟的家中，尤其任为民、许新邯等人传来了很多反映民怨的文章、诗歌、幽默笑话等，令人颇受鼓舞，因此，我也写了一些诗歌，其中一首也通过人带到北京，希望能张贴于天安门，能作为中国近代革命圣地的民主"大潮"之中的一滴正义之水。可惜那些诗歌大多在当年5月都烧了，只有一首我还记得一部分：

> 雨辰之霾殊世惊，
> 痛失总理人人怆。
> ……
> 我哭周总理，
> 中夜梦里哽……
> ……
> 强国大业靠何人，
> 眼前邓君似周公。
> 走畅富国强兵路，

除妖斩魔人心明。

看我中华"祥云"照，

再登世界第一峰。

2010.7.8

第二次改行

在度过了中国人民解放军第十四航空学校理训处（中国民航学院前身）一年学员、中国民航飞行学院第一团航空机务大队二中队二十二年电气员、代理教员及中国民航新津分校政治处三年宣传干事生涯之后，经新津县委"三顾茅庐"，1988年12月5日，我改行走上专业的司法之路——到成都市的私营企业改革重点县新津县任县政府的法律顾问处主任。

新津县作为四川省的私营经济试验县是1986年，当时的新津县司法局只有两名律师：一个叫饶万新的曾是50年代的右派；一个叫余聪林的是一个知识青年。而那时的新津司法局局长代时秋是个有见识、有能力的副团级转业到地方的干部，还有一位副局长，也是一名正团级部队转业干部，二人要想在地方站稳脚跟，必要干出成绩。他们为适应新的改革形势，把发展"律师队伍"作为工作的重点，加上那时成都市司法局局长徐清伦和曾在"中华律师函授"任教的四川大学陈康杨教授（后曾任成都市人大常委会副主任）的推荐，我被他们选中，走上这个新岗位。

从我个人来说：首先，我对个人新"行业"好奇，从七八十年代受印度电影《流浪者》和巴基斯坦电影《在人间》的影响，从文学中"人性"的角度，对律师产生了一种崇敬。其次，业余文学创作的困难中，对社会生活全面了解的渴望，尤其在"文革"后社会变革中，对各式各样人的了解，为以后创作积累功底。第三，想证明个人的社会生存能力，离开"民航"这个大"法人"，树立本人能够生存和进一步发展的自信心。第四，爱人随我调动的阻力大，即使到广汉总校任职，家庭状况的改变，可能性不大，促使我放弃民航。以上的原因使我下定决心离开了那本来喜欢的民航事业。那时，在学院内有能力的人是要到大城市民航站，而我——虽然在校内算得是个人才，而要主动"下海"，到县级部门当一名人们都不熟悉的"律师"！好多人不理解。我的法律入门是凭着中国政法大学律师函授十三门课程的及格毕业证书，但是要从一名技术干部或政工干部变为司法干部，走到司法内行，还有一段路要走。那时，我已四十五岁了，为了荆棘丛生中的"王冠之路"的追求，我勇敢地走出这一步。

2010.7.16

南下深圳

我律师事业的巅峰是在从律十二年后的1999年。那时随着《律师法》（之前为律师条例）的实施，我已辞去新津县法律顾问处主任（已改名为"念真律师事务所"）兼新津县司法局公证律师科科长的公职，到成都市人民北路的石含龙律师事务所任专职律师。和我同所同室的有成都市司法局退下来的老领导，有从英国留学归来的年轻律师，有成都飞机设计院九所的干部及成都武警学总校的大校等，这些人虽然名气也不小，但律师实践经验缺乏，我实际是这些人的律师业务指导。对我来讲，只是出于友谊，从未想换取什么经济利益，因此，大家和谐漏洽。这是我律师执业时期最愉快的时光。

那年4月的一天，我接到一个老熟人——老王的电话，要约我聊聊；我问他是怎么知道我的电话？他说是通过我原来工作的单位——民航飞院一分院了解到的。我觉得他一定有要事。

老王是河南信阳人，也可以说是我的"同年"——也是1958年选飞的，对这个老乡过去印象不错，但后来一直没有来往。

我如约和他相见后，他讲了他的"头疼"问题：某航空公司在香港买波音客机后剩下1470万美元在香港委托信用单位账户上，在1997年香港回归前房屋大涨价时，未经该航空公司同意，擅自买了新会展中心的一层楼房，接着香港房价大跌，到他们知道时，近1500万美元的房产，跌至不到500万美元，按那时1：8.6的汇率算，该航空公司损失了一个多亿人民币。此外，这部分钱，是违规存在香港的，直接违犯《外汇管理条例》，如上报查实，是要受到处罚的。还有，这虽是前任老总的事，但此时老王已成为主要负责人，这事传出去对他也相当不利。问我看有何建议，既能挽回损失，也不至于使影响扩大？我认真做了两天准备，告诉他我的解决方案：建议香港找对方协商解决。因为：①对方明显输理，要打官司对方也必输无疑，这是调解的基础。②不起诉，首先减少100万元诉讼费及50万元律师代理费（那时内地律师不能办香港案）。③房价损失有不确定性，如果能得到房产权，今后有返本的可能。老王听了我的建议，完全同意，由我主导处理。我在委托形式上又主动建议，采用法律顾问的方式，每年费用5万元，可避免该航空公司单项案子向律师事务所各交50万元的情况，为他们省下不少费用。他同意后，手续完全办理好之后，我们开始香港、深圳之行。

老王安排我们住在深圳罗湖口岸旁的五星级大酒店。在那座五星级酒店可以看到香港。我们住在28楼，静待香港相关人员过来。正式入住一流大酒店，我还是第一次（当然也是唯一一次），有些方面使我们过惯艰苦生活的人，一时难以适应。登记房是一人一房，而不是两人合住。早餐费每人500元，全世界主要国家的早餐都有，客人自选食用，结果我还是选了面包、牛奶、果酱，费用充其量也就20元。一顿晚餐四人共花了7800元，是蛇餐，蛇胆酒我还可以喝，蛇肉汤也还吃得来。当晚打保龄球，我是第一次，也是唯一一次，我打得和他们差不多，只是胳膊疼了两周。

第二天上午，我们如期和香港过来的对方及律师协商开始。那时我才知道对方的律师只代理民事，并不能出庭。如我们起诉，对方也要花50万元才能请律师出庭。经约两小时协商，终于由我起草了一份双方协议书。简要写明：对方未经我方授权，把我方资金用来买房，虽是善意，但是严重违法，致使损失重大，此损失由对方全部承担。我方放弃诉讼，接受既买房的全部产权，另由对方赔偿我方2000万元人民币损失。这样对方保住了经营权（按香港法规，如诉讼对方赔偿不了全部损失即丧失经营权）。我方看起来损失了5000万，但此损失具有不确定性。当我把签约后的调解协议拿回来时，大家都说此方案是最上策，至少减少了200万元损失。事实证明，在三年后，所置的房产就恢复了原价，而2000万元损失赔偿归该航空公司所有。有关人员知道此案处理结果后，都大为满意。此后我仅当了两年首席顾问便没有再兼顾问。此间我还帮该航空公司处理了浙江乘客摔伤事故等事件，直到温州图-154客机坠毁等事故，我都在为他们值班。

综合看：我的律师服务是最好的服务，最终的效果是最佳的。只是我个人放弃合理报酬——由于过于善良，最终没有真正摆脱贫穷。但我对我的人生并不后悔，愿它像北斗那样，照亮我光明正大益于别人的人生。

2010.8.20

七上"天山"

也许今生和大西北有缘，七上"天山"，还有一桩无头案。某航空公司经熟人介绍与乌鲁木齐一家靠养鱼发家的私营企业签订合同，一架贝尔直升机组到乌市飞了三个月，然而费用还有38万元，债务无主，石沉大海，等了两年踪影全无，该公司经理找我想法为他们了案。

然而债主到底是谁？为何各方都有不承担债务的理由？经乌市工商部门查档，说明原合同签订者的单位在签订合同三年前就已注销。既然注销为何能签订合同？介绍人当然清楚。找到这位介绍人，他吞吞吐吐地说，是乌市××私营集团的一位中高级人员黄某请他介绍了这笔交易。

那么当时的这位系铃人今在何处？听说已离开乌市××私营集团到了另外一个"水疗公司"，而且还当上法人代表，经营情况良好。我又到省工商行政局查档，这个××水疗公司确系这个私营集团之外的一个单独公司，而他才是本案真正的解铃人。但目前在法律关系上，他不可能成为被告。经进一步调查证实，原垮掉的××飞机服务公司，却已并购进乌市××私营集团，但无办公地址和人员，只是花350万元购买了执照，这样我们在法律关系上无疑将确定该私营集团为被告，将来再由私营集团找到这个当初签租机合同的委托代表人黄某。

我把起诉状交到被告人所在地的区法院，区法院表示暂不受理，因为被告辖区虽然有私营集团总部，但和我们发生法律关系的经济实体单位并不在本辖区。我表明了总部出资购买了已注销单位的执照，当然应由总部承担法律责任。该区法院坚持要有市中院的指定受理，我只好又走市中级人民法院。经我们再三努力，市中院立案庭的女法官出于同情，终于指定注销前对象单位所在地法院受理此案，而被告确是另外的总部。不管费了多大力，最后终于事出有名。这个总部肯定不愿承担连带责任，他们自然要去找这个当初代表他们总部收购的人。虽然立案，但鉴于本案复杂，要回欠款还有很长的路要走。为了实施两条腿走路的方针，一方面通过诉讼要总部找负责人，另一方面必须采用行政手段，向民航新疆管理局施压，要求必须还钱，非如此，我们就要向北京民航总局状告新疆管理局合谋诈骗！

由于很好地利用有利条件，采用诉讼和行政控告两种手段，果真有了效果，首先在该案开庭前，就由和本案不发生法律关系的黄某代被告交了15万元，该案判决时，标的已减为22万，在判决书生效之后的一个月里，黄某来电告诉，要我到新疆结账，而且说明非朱律师来，他不给钱。我再次踏上乌市，在黄金般的枫叶丛中，我找到黄某的水疗公司，我们气氛友好还成为朋友。我表示，收到此款后，不再向民航总局控告新疆管理局。他得到我的承诺，爽快地指定该公司会计付清了欠款

22万。这样，本案实际已收回欠款37万，建议由我签字。状告集团公司案子，已付清欠款而了案。这样拖了三年的无头案，已正式了结。我带着最后的22万汇单回到成都后，深受公司上下好评，"这案要不是朱律师两种手段，恐怕难以结案。感谢朱律师对我们的帮助！"

重录：办案小记——《天山情》

今生有缘大西北，七次助我四回春，
依依惜别天山去，夕阳伴我回峨眉。

2007.7.28，于飞机上

2010.9.16 于成都童子苑

千秋镇和我

张村是我出生的地方，千秋镇是我们村所属的镇。张村距千秋仅八里，因此小时候是函信邮件常有"千秋镇北八里张村"一说。千秋镇是渑池县东的大镇，有一条东西长约五百米有店铺的主街，新中国成立后第四区区政府在千秋镇。豫西事变（1944年）时，共产党的区委书记付子章被国民党反动派杀害，因此在新中国成立初期，千秋镇曾一度改名"子章镇"。在李准的《大河奔流》一书里，讲述主人公的命运时对千秋镇有过简单描述。千秋地处涧水河边（我们那时称"南大河"），涧水河是洛河的主要支流之一，发源于豫西，河边有德国人在20世纪初修的陇海铁路。千秋以东是义马、新安、洛阳，以西是渑池、陕州和西安。义马出煤，火车的开动，兴许和煤有关。

千秋是我读高小的地方。千秋完小的杜校长，是我的初小老师。因此千秋小学是我启蒙教育之地，是我最早认识中国和世界的地方。千秋是我加入少先队戴红领巾的地方，是我在理论上接受革命教育的地方。我最早看电影是在我们小学的操场上，是晚上走了八里地和我妈、南屋婶婶一同看的。电影名字是《白毛女》，是田华演的"喜儿"。操场离铁路很近，旁边不远处是河水奔涌的涧水河（现在河水没了）。

我第一次到千秋是走亲戚——到千秋镇西头我姑奶奶家（我父亲的姑姑）。走到村头时，我感到千秋很大，也很神秘。我发觉"鸡叫"和我们张村声音一样（也许全世界都差不多）。我第一次走到所谓的"街上"，感到大不一样：每家店铺门前都挂着一面五星红旗，使我很震撼。现在想想，也许是遇巧了，不是"五一"就是"十一"，不然是不会有国旗的。在姑奶奶家，我第一次看到叫作"茄子"的紫色植物，我似乎感到从小村子出来看到现代文明。

我出现在姑奶奶她老人家面前时，她正对我妈、我爸在夸我，"你们小三儿好精神呀！"姑奶奶是睡在炕上的，三个表叔已分家。我读高小时，在冬天，我和二哥还在三表叔家搭伙吃饭。姑奶奶去世后，因物质紧张，我们不想麻烦三表叔，就再也没去过他家。但我在县城读中学时，有一次在路上，碰到赶车的三表叔，他还是很关心我和二哥的。他问起我俩的学习情况，我说我们都是优等生，二哥朱金城还是学生会主席呢。三表叔十分高兴。一个人的成长，需要很多人共同的努力和帮助，我很感激他，从没有忘记他，他也没有忘记我。记得在我到四川后，大约60年代末，三表叔还给我介绍过一个对象，是他家东院里的一个女孩，还有一张照片，人很丰满，挺漂亮。听说是业余剧团的"角儿"。我曾动过联系的心，但回家后听大嫂说作风不好，没见面的必要。后来我曾想，如果和她联姻，不知现在的情况怎样？还有，我初小的同学张雾江曾是志愿军的战斗英雄，60年代在渑池县当税务局局长。他给我介绍过他税务部门的一个姑娘，很热情地跟我通信，还寄给我最早的毛主席像章，表示她对我的好感。只是因为我决心在四川安家，中断了和她的联系。

千秋镇，我永远的故乡。

2010.9.30

三国文化猜想

——刘备对关云长的"兄弟情谊"辨

三国时代，蜀国盛世终结始于荆州失守与关云长的被杀，以及后来刘备为"复仇"而发动的"夷陵之战"。

荆州失守是转折点。公正地说，荆州被孙权夺走只是地归原主，哪有光借不还的道理？！站在"正义性"的角度，或许"理"不在蜀国。

但是，客观地讲，荆州正是刘备的起家之地，也即根据地。刘备转战西川成都平原时并没有必胜把握，离开时他把老窝重托给自己的二弟，也就是刘备集团二把手关云长。除开大形势的客观因素，从主观上讲，关羽居功自傲，放松警惕，以致被东吴"棒"杀。关羽在麦城被东吴俘获，到被杀，有足足一个半月的时间。荆州失守后，关的部将弃城而逃，不几日，便逃回蜀国，他不可能不把"关二弟"的生命危险的信息告知刘备。但刘却一反常态，没有采取救人的实际行动。从"意外事件"来说，一个多月的营救时间并不短，鄂西与蜀国府地也就千把里，快马速度，也就五六天时间，为何不见救兵？

这些问题，我少时读《三国演义》就想过。即使是抢救"关二弟"没有成功，但历史传记应留下合理记录，但是这一切竟是不可思议的没有！直到关云长被杀之后，刘备大哥才兴师动众，不听劝阻执意发动夷陵之战，放弃诸葛孔明建议的较北边的陆路路线，从长江高调向东吴复仇。还有一点，《三国志》也并未提到刘备为二弟被杀恸哭的事儿，这不合刘备的一贯性格。猜想刘备，这个"反常"，实为"正常"！此时的刘备已是蜀汉的君王，大将陈赓早年曾评价"刘备有他先人刘邦的遗风"！这话很耐人回味：既褒又贬。刘邦得位后逐一去掉帮他打天下的功臣。或许刘备也有此心，希望看到自己皇位没有威胁！！因为在蜀国政治军事集团里，政治核心只有关二弟具备威胁！诸葛亮虽是二号人物，但他是正告天下的"军师"，不太有可能成为除刘备以外的"盟主"。关云长则不同，文韬武略，在闯荡天下中，声威不逊色于刘备。张飞虽是"三主人"，但他一介武夫，其他人则不用再提。何况关羽对自己并非口头上说的"忠"，华容道故意放走政敌曹孟德，使刘备有恨难言，他无力惩处关羽，甚至降级都办不到。关羽是永远的老二！这个"老二"只要在世，都和"一"差不了多少！诸葛亮当年把关云长布置在华容道，是想终结魏王的性命，并非做顺水人情。精明的诸葛亮是看到眼前的事实，顺便给刘备做个人情。从这个逻辑推理，"关云长之死"在刘大哥的内心里是愿意看到的。但刘备作为政治家，"关二弟被杀"是一定要利用的，蜀国吞掉吴国是梦寐以求的事，既已如此，当然要为我所用，就大张旗鼓地把"为二弟报仇"作为战争动员，就更增加战争的"正义性"！活着不救，待被杀以后再报仇，发动大战并因此又失去了张飞，接着自己也一命归西。所以三国戏

"联吴抗曹"是诸葛大戏，"白帝托孤"是刘备的小戏。刘备的失败或许是由于心术并不纯正。诸葛重整旗鼓，不失为治蜀英雄，尽管六出祁山大功未成，但亦成为后人楷模。关云长不仅为后人记住，还成了"圣帝"，而刘备只是蜀王而已。

注：2010年国庆大假，去四川省博物馆参观"大三国"文化展，遂想。

2010.10.6

音乐与抽烟

对声音的感知与对音乐的喜好，可能是与生俱来。小时，我对声音极为敏感，记得直到10岁左右，我还完全记得在妈妈怀中听到妈妈喝水或吞噬食物时食道和胸腔内发出微微声响。此外我对动植物的微弱声响也格外敏感。我被音乐吸引和感知，最初大约是在五岁（1947年），人民解放军的陈（赓）、谢（富治）大军解放渑池后，一个连队的指导员住在我家。指导员的通信兵，人很活泼、调皮，又很和善，爱逗小孩，又爱吹竹笛。我在那时就感觉到通信兵用笛子在吹奏《东方红》曲子时特别具有魔力。我坐在他的腿上，用心看着笛膜震动的奇妙。平时他经常要我用力去解他的宽皮腰带玩而决不让我动他的笛子，只要他的笛子一响，那音魔就像伴着我的灵魂把我带进另一个世界。阳光下，我家门口"讲话台"（用土垒成，约6米，后来装了磨子）上指导员在讲话，穿灰军装的战士们盘腿坐在打麦场上，怀中有枪。我急切盼望指导员讲话快完，那样我就可以听到通信兵的笛声了。但是不久后的一天，该是笛声响起的时候，我看到通信兵哭着用破砖把那支可爱的笛子用力砸碎，还抛到高高的房顶上。我很伤心，不知他怎么了，那么可爱的笛子，今后还会有吗？又过了没几天，八路军全走了，通信兵当然也走了。他的笛声和他的《东方红》旋律永久地留给我——一家三代贫雇农的我——三有儿。在共产党和毛主席的领导下，我上了学。那时，笛、箫、琴我全有。每当我在月下，或其他休闲时光，坐在八路军通信兵坐过的地方奏起我的乐器时，我满足得像天使。

大约过了十七年，到1965年，我所在的中国人民解放军第十四航空学校第一团机务大队组成业余演出队，要在四川地区上演歌剧《江姐》。我那时是文艺骨干，担任歌剧乐队的首席小提琴演奏。我们演出的本子是空政文工团的，歌剧演出在成都地区空前火爆。不少专业文工团、戏剧团都来观看，不少人都流下了眼泪，感到在欣赏艺术演出的同时受到了一次印象深刻的革命思想教育。我们是业余的，团里命令解散，要投入飞行训练工作。但是欲罢不能，各地党政机关及厂矿强烈要求看我们的演出，没办法，我们在成都、新津、广汉、绵阳、遂宁、德阳等地连续演出了三个月。就在那段时间，每晚剧场里到处都摆放着水果糖和香烟（都是当时的高档品），在7：15左右，每人到位，乐队指挥李曙光说："来吸根烟，提提精神。我们乐队要集中精力工作三个多小时，不能出错，不能为演出添乱，这可是政治任务呀。"那时我就学着别人点起一根香烟……三个月过去了，歌剧团早已解散，各人回单位，但吸烟的习惯似乎延续下来，不然就集中不了精神做事。渐渐地每周一根两根，一包烟在床下都发霉了……后来每星期一包，就用当时个人发的烟票，只买好烟抽，后来一般的烟也必须要买了……我想，抽烟也许是我的另一个"与生俱来"。小时，四爷带我，他抽烟，经常让我给他点烟（旱烟）。父亲是忠实烟民，不仅抽，种植烟叶还是把好手。我忘不了，早、晚父亲烟袋锅那一明一暗的光亮……后来我读书上学了，忘记了烟的事。直到1965年夏天，是音乐这个我的"与生俱来"和抽烟那"与生俱来"交汇在一起，从此这两个不相干的习惯成了我生活不可缺少的部分。

2010.10.11

伊犁行

1990年，我办案到了新疆的最西部，也是中国的最西部地级市——哈萨克自治州州府所在地伊犁。年底，在和煦的阳光照耀下，内地还是初冬的时候，新疆已是隆冬。乌鲁木齐到伊犁还要往西走480多公里。因地面结冰，陆路已经封山，要到伊市，只有空中一条路，而且只有运七飞机，每天只有一个航班，43名旅客。要正常等待，大概只有一个星期之后了。于是我打电话找到民航兰州管理局的一位熟人，这才从机组弄到去伊犁的机票。从乌鲁木齐起飞，高度6000米，沿天山西飞。脚下苍茫的天山，使我想到郭沫若考证的诗仙李白生于天山以西的哈萨克斯坦的巴尔卡什湖南岸，对中华大地之豪壮、博大，我心中充满自豪。

伊犁市不大，但很整洁。马路两边都流着天山清清的雪水。我听说伊犁今天如此，首先归功于民族英雄林则徐，是他在被发配新疆伊犁后的才智贡献。出于对他的崇敬，我决定此次一定抽办案的空隙，拜谒英雄林则徐，感受他的业绩。

我在民族商场买了一把刮须刀（就是现在用的），就住进伊犁军分区宾馆。我之所以选择军分区住，主要是安全上的考虑。第二天我就一路寻探，找到自治区高级人民法院之伊犁分院。这是一座不起眼的民房，每间小房间都有棉布帘，掀开布帘，也有有烟囱的炭炉。街上大多是哈萨克族人，而法院则大多数是汉人。到这里来告状，要先请翻译——由汉语翻译成维吾尔语，由维吾尔语翻译成哈萨克语，费用5元。我们的诉状是汉语，法官都能看懂，不用再翻译。我在火炉边和立案庭的人交谈时，进来一个和我年纪差不多的法官。"王院长有事吗？"工作人员招呼道，我也站了起来，以示对院长的尊重。"坐下，坐……"院长和善地招呼我，"你是内地来的吗？"我说："是的，是四川律师。""你说的不是四川话。""我是河南人，在四川工作。"我解释道。他说："我是江苏常州的，在这儿难得碰到一个内地人，走，到我房里坐……"我跟他到了他的房间，简单介绍了案情，之后他就主动和我交谈起生活在少数民族地区工作的烦恼。最后他又说："经济案子，我们一定抓紧办，你放心，我们审理一定公正。没有正当理由，谁会跑到这儿来啊！"

那天中午两点过，街上人除了上班的本地人，外地来客很少，街上饭店大多没人光顾，我一外地来客逛了许久，才选择街头小摊儿"白鸡腿"作为午餐。老板是一个维吾尔族老人（也许是哈萨克族人），大约七十岁，白色的长须特别耀眼，身板硬朗，面带慈祥。我问："大叔，这白鸡腿怎么卖？"他答："7元一个。"我看那煮鸡腿很肥，一个大概有二三两，就要了一个坐在小凳上和老人攀谈起来。我看老人的牙齿很白，又完整，就问："大叔，您的牙齿我看不是假牙，怎么保养的？"老人笑着说："我们这儿不安假牙，你们内地许多人牙不好，主要是吃花椒的原因，我们不吃花椒。"我做赞同的表示："是的，我就爱吃辣椒、花椒，我的牙早就不好了。"又问他："大叔，你身体这么好，你日子过得一定很幸福吧？""幸福？"老人皱起眉头，"应该是很幸福，共产党、解放军对我们少数民族很好，社会安康。只是我那大孙子到北京读书，受了坏人教唆……很让我生气，这不把我气病了，这才好，我的'白鸡腿'生意才又开张。"我应和着："大叔，您老别气，年轻人不懂事。"

在等待开庭的日子里，有一天我鼓起勇气，决心到林则徐纪念馆走一走，缅怀这位中国近代革命的第一伟人。因为天安门烈士纪念碑上，周总理书写的毛主席撰稿的碑文上说，"自鸦片战争以来的先烈、英雄们永垂不朽"，林则徐应是第一人啊，我大老远来这不容易，虽然有些担心安全问题，但是通过几天观察，这儿的哈萨克人很友善也很本分，虽然蓝眼高鼻，但他们是中国的老百姓，本质上是拥护共产党、解放军的。我大胆地坐了一辆少数民族的马车（因为没有其他交通工具），往8公里外的一个镇上（镇名我忘了）去了。我到了，终于来到林则徐纪念亭前，仔细拜读碑文，没错，只要是对中华民族有贡献的人，人们都铭记在心。上午明媚的阳光逐走了我心中的寒冷，我穿着那件民航学院发的飞行皮夹克，精神格外饱满，决心照张相。没有摄像师，我就走到街上的唯一照相馆，只有一个人——一个年轻女人，是汉族打扮。我一问，吃惊地发现她是一个四川老乡！她听说我从成都来，格外热情，主动带我到林则徐纪念碑前为我摄影留念……

我又新找了一辆马车，阳光西照的时候回到住地友谊宾馆。那位称我为"模范顾客"的阿伊古丽姑娘问我："老同志，你今天的纪念林则徐之行顺利吧（因为来前我还征求了她的意见）？"我高兴地说："顺利，很顺利，还遇到一位四川老乡给我照了像。"

我的案子顺利开庭之后，我就回到新津，我们反诉大获成功。不仅我方不赔对方损失，反而对方应赔我们12万元。案子结了，但伊犁之行使我终生不忘。新疆高院伊犁分院的院长——江苏常州的男人；林则徐林大人发配的伊犁，在他作为"有罪之人"时，建造的美丽小城……永远留在我的记忆中。

2010.10.27

父亲的故乡游

　　河南西部渑池县千秋镇往北25公里是中条山脉，中华民族的母亲河——黄河从它身边流过。大山深处有个叫韩沟的地方，是我父亲小时候生活过的地方，也可以说那里是我从未到过的父亲的故乡。大概是1957年或1956年暑假期间，我们村生产队组织人要到北山割草（喂牲口），听说要我父亲也去，一是为大家指路，二是为大伙儿煮饭。我知道后坚决要求随队前往，一定要看看那个父亲小时候生活过的地方。

　　洛阳的北邙山和黄河南岸的中条山连接，是我国古代东西交通的要驿之一，传说中的瓦岗寨离此不远。西走长安，东走洛阳，据说唐太宗李世民东征高丽时还曾骑马经过韩沟附近的跑马泉，在那里饮马。另外，跑马泉也曾是中国共产党豫西根据地之一，1945年被国民党反动派破坏，被烧杀得片瓦不存，还集中枪杀了16名共产党员，称为"跑马泉事变"。初小时，我和二哥一起读过"跑马泉事变"的小册子。

　　由于这些动人的故事曾在那里发生，所以父亲的故乡对我非常具有诱惑力。别人说我小，走不到韩沟，我坚定地说，我保证比你们大人走得快。结果我一路蹦蹦跳跳地先到第一站——十字坡，从坡下走上山冈有六里多。我看到怪石不多，有许多断墙屋脚，山坡上杂草丛生，只有少数几棵树，是柿子树。我父亲说："这里叫'十字坡'，也叫'柿树坡'，以前这里方圆数里有数不清的柿子树。孟津县（洛阳北）的北山也有个'十字坡'，古代也是东西南北要道。为了和孟津县的'十字坡'区别，咱们这儿就叫'柿树坡'。"父亲指着山坡前的一个山涧，小河绕过一个圆圆的山包，说，"看到了吗？那个圆圆的山包（大概有50米高），是唐代西征的将军窦银虎之墓。窦银虎是薛仁贵的儿子薛丁山征西时的部下，因犯'地命'（古时这里也叫野鸡岭）死后，他的士兵每一人一抔土掩埋他，就成了后来的这个圆山包。听说以前有人盗墓，扒开墓时，里面有蝎子、蜈蚣无数，因此再无人敢盗。"

听了父亲讲的话，我心中充满了对古代将军的敬重。我又问起"破倒墙基"，父亲说："古时这里是东西交通要道，都不喜欢走我们千秋那条东西路，因为那时涧河水大，经常涨水，'踏泥街'那时没有村庄，都是烂泥，东征的唐军之帅薛仁贵曾马踏淤泥，所以后来唐太宗东征时走我们韩沟过。那时此地繁华，尽管我小时这里没人住，但好多屋墙未倒。听老人们讲，宋代'孙二娘'就在此开店！"我又问："那什么时候这里成了蛮荒之地了呢？"父亲说："涧水河水变窄了，逐渐露出平地，况且1912年修成陇海铁路，人们都不走这大山里了。"

我们又往北走，山泉怪石出现在眼前，我脑里闪现出《水浒传》里的飞云浦，我问父亲："那我们这儿有无传说武松什么事？"父亲说："不知道。"停了一会儿，父亲又说："西走三百（里）有华山，东走五百（里）是山东，我小时候没听说过梁山好汉走过这里的事。"

又走了大半天，疲惫使我渐渐失去了对古人的追思。翻过一座山岭，眼前有百米见方的一块平地，平地的北边有一个小水塘，父亲对大伙说：那就是跑马泉，不过只有在夏季雨多时，才有泉水流，因此这里不能住人！绕过对面这座山峰，后面就是我们的目的地韩沟。面对唐朝李世民东征时歇马的这个地方，父亲的表情现出崇敬之意。我停了下来，不是为唐太宗李世民，而是为在这里牺牲的共产党员，但没有找到什么遗迹。

又走了大约三个小时，天将黑时，我们到达韩沟，山涧有一条小河。沟深约100多米，不大的坡地上有几处无顶的破房，生产队的人把帐篷搭在断墙上，算是屋子。门前支起煮饭的大锅，众人随便拾干柴，不大一会儿炊烟冒起。我躺在父亲烧的火边，父亲对我说："这里听得见黄河水声，你听到了吗？"我忽然醒悟，"难怪低沉轰鸣，那是黄河的声音！"我一下跳了起来，"我要看黄河！"父亲说："三儿，黑天夜里怎么去，明天吧！"

那晚，我在父亲以前的破房里睡在父亲的身边，直到我睡意蒙眬时，父亲还在说："过了黄河就是山西，降县和渑池一水之隔，降县出了吕洞宾，他是大神仙啊……"我那时不知道一水之隔的晋南，还出了个共产党大官儿——彭真。

第二天，我拿着镰刀，说是割草其实是玩，因为到处都是半人高的茅草，只需快回到住的韩沟再割也不迟。我站在高高的山顶上，看到山底的黄河水果真咆哮汹涌，虽然没有想象的宽大，但那奔涌的情势，真是一条奔涌的"黄龙"！黄龙之子我萌生了人生一大愿望：我今生要像先人一样，为这片土地记住！

第二天晚上，父亲又给我讲了他小时的故事，他说："三有，东边的那个大黑石，晒过老虎皮，那只小老虎是咱家的大黑牛抵死的！当时和虎搏斗时，大黑的角都抵断了。大黑倒地时，它的眼睛是红的，小老虎死在石头前！你四爷他们把老虎剖了，煮起肉吃。把那张虎皮放在这个石头上晒。但大黑并未死，我正在喝虎肉汤时，大黑牛忽然站了起来，猛力向虎皮撞去，大黑牛的头直撞得脑浆都流了出来。大黑牛以为那老虎没死，它不知那是老虎皮盖着的石头呀！大黑死了，我哭了两天！"父亲的大黑牛的"勇敢"和拼死战斗的不屈精神，深深鼓舞着我，永生未忘！那个暑假里，我那次父亲故乡行，最令我震撼的是"黄河"和"大黑牛"！

1958年秋天，我到了四川成都的中国人民解放军第十四航校。离开家乡的时候，父亲送我走了一里地，我想是他送走了他的"黄河之子"，从此我再也未能和他共叙父子深情。

2010.10.21

另：根据小时候父母讲述回忆，父亲上辈由河南汜水分水岭迁移而来，母亲为河南巩县人，母亲排老五，称"五女"，姓陈，叫陈秀英（大名）。大舅在天水兰州铁路局工作，二哥还在天水会见过大舅。父亲家居住地为庙后→韩沟→龙王沟→河西→张村（我和二哥出生地）。

2010.11.1

关于宋都（开封）的回忆

中原河洛两望城，东走"二百"是汴京。

历声暮弥相国寺，史云纵舞在龙亭。

1995年7月底到8月初，为追回新津洗涤厂经济欠款，我到开封生活了20多天。开封是北宋的国都，是1000多年前的世界第一繁华都城，《水浒传》中关于汴梁有许多描述。新中国成立后，开封也曾是河南省会。我作为河南人，幼时曾有到此城看看的愿望。我中学的同学卢道印曾在龙亭照相以寄之。到航校后，我的同乡、同学、好友、同事林同年生于开封宋门关，可以说，开封之行，积累了我太多的兴趣与希望。在我真正地在开封居住之后，给我的感受是不虚此行。在河南，开封恐怕应算是第一人文城市了。水城环境之幽美，历史人文之丰厚，民风善和文明，存古韵而不保守，不仅在河南，就是在全国，也应是前几名吧。总之，让我大吃一惊的是，我们河南还真有那么好的地方。给我留下印象最深的则是以下的一些东西。

一、古都文化的震撼

开封的开放意识较早，古都文化意识强，在80年代就建成仿古"宋都御"大街。现代企业在仿古建筑办公,是独出心裁。成都也是文化名城,它的汉代一条街、抚琴大道,那时还在建设中,很有可能是受"宋都御"的影响。洛阳无古建筑,新城杂乱,无城市印象。西安那时古风未形成,正在新旧的谋划之中。北京是现成的,不需刻意谋划。开封宋都大道的尽头,是古都中心大道的尤亭,公园的优美,可以和北京颐和园媲美。还有,包公祠也在湖边,我真没想到,古都开封是一座优美的"水城"。

二、相国寺的诵经声

"相国寺早晚诵经"是标准的古典音乐。我住的马道街的友谊宾馆是城内最繁华的地段,但古相国寺这个鲁智深执业的赫赫有名的寺院也在这里。我的房间距相国寺大约80米。夜幕降临至十点前这个时段,数百名僧侣诵经之声传来,低沉、浑厚和声伴之木鱼、钟鼓令我震撼。我的心灵仿佛随那声音飞向遥远的天国。为了记住此,我走时还特意买了一盒磁带带回。

三、"千年等一回,我无悔呀啊"

那年《新白娘子传奇》电视剧正在该城热播,从太阳升起,大街上全是卖小吃的摊铺,云吞(抄手)烧鸡的香气之中夹带《千年等一回》的音乐,使人们仿佛走到西湖,和白蛇、许仙在热街逛游，忘记烦心事，沉浸在"爱情"的幸福之中。

四、包公祠与河南博物馆

宋时开封府尹衙与包公住所共之一处，而且是在水乡之滨。包拯本不是河南人，只在开封（东京）城当官，最常任的官是首都开封的市长。但在人民心中，他似乎是宋代权势的代表，因为皇家都在他的管辖之下。此刻，他是我们中华民族的正义之"神"，还是我们中国人重视的"清官"。不重视司法制度公平正是被外国人认为"不是民主之乡"的原因所在。民间文学中、戏剧舞台上包公传奇故事，是中国人心灵的安慰，同时也是心灵之殇——因为包公不是每个地方、每个朝代都有的啊。

我又走到河南博物院旧址，想重温中华文明摇篮之梦，但很遗憾，那时因文物重大"失盗"发生我无法圆梦……

我那次办案，完全以包公之精神，一口气查出债务人无钱还账，竟然还有38个账户，由于河南省高院执行庭长王殿军的大力支持，最后带着现金，大获全胜，回到新津。

补：听说后来开封有按《清明上河图》修下清明"上河园"，成为全国有名的古文化景区，很有特色，祝福开封。

2010.12.27

情歌与我

　　我曾应外孙女吴念真的请求，谈到了我和情歌的故事。我不仅为她亲手抄录了十多首经典歌曲，还特意说明了我如何接触这些歌曲及我志愿传播这些歌曲的，这里我只回忆中国情歌《在那遥远地方》。

　　记得，大概是初中二年级的春天（可能是1957年）——一个月光明朗的晚上，下了晚自习从教室出来［渑池中学的三（2）班］，听到从三（6）班方向传来一个女生的歌声，嗓音清亮，缓慢而深情地唱道："在那遥远的地方，有位好姑娘……她那粉红的小脸好像红太阳……人们走过了毡房都要回头留恋地张望……"别人仍若无其事地照例进行一天的学习生活，而我则像是突然被一颗炮弹击中，顿时失去手脚，心中荡起一种不可名状的激动，"灵魂"被那歌声"索"走了，似乎随着明朗的月亮到了现实中不曾有过的那个"遥远的幸福的地方"。"我愿做一只小羊，跟在她身旁，我愿她的鞭子轻轻地打在我的身上……"

　　好多年后，想起这件事，我也在狐疑，是歌曲本身的魅力，还是唱歌人的演唱魅力？或是兼而有之。总之，歌曲是主要的，是它俘虏了我的心，对我心灵的震撼，永久地留在我少年的记忆中。歌声打住了许久，我还呆呆地站在那明月之下。

那时我十四五岁，对所学各科都兴趣浓厚。第二天，我便找到同学中年纪较大，而且是我们班上擅长音乐的第一人阮绍宗，向他谈了昨晚听到的"遥远地方"，他说："我也很喜欢那首歌，我一定弄到那首歌，如果是三（6）班的人唱出来的，肯定是邵玉珍唱的。哈，就是我们合唱队那位'公主'啰！"

后来阮绍宗果真把那首歌送给我。直到到航校前，我特意参加最后一次合唱，原来那位渑中音乐"公主"邵玉珍就在我的前一排！的确，我承认，邵玉珍那时真的是我心中崇拜的、最高贵的"公主"！我到航校数年后回家，在张村我大姐家，我听说我们那届渑池一中三（6）班叫张迎宾的富家子弟，找了邵玉珍做媳妇。

歌曲《在那遥远的地方》那时一直被认为是青海民歌，到了七八十年代，我方知是被誉为"情歌大王"的王洛宾所作。他是新疆部队文工团的编创，他的这首歌，被全世界赞为"中国第一情歌"。早在40年代的上海，美国黑人歌唱家罗伯逊曾向全世界演唱并灌制唱片……改革开放后，世界著名男高音到中国演出，都喜欢唱《在那遥远的地方》。直到最近，就是上周，我看到北京电视台《揭秘》栏目详细解说王洛宾这首歌的创作传奇：新中国成立前他二十多岁到青海拍电影，在青海湖畔，找了藏族"千户"女儿卓玛扮演牧羊姑娘，王洛宾被导演指定演了卓玛的助手，从此心中燃起对好姑娘的爱情火焰，然而无法表达。后来王洛宾以共产党嫌疑被捕入狱。在狱中，王洛宾怀着深深的感情，写了《在那遥远的地方》这首歌，从此这首歌不仅传遍了全中国，又走向全世界……

民歌大王王洛宾1996年去世后，他的这首歌被镌刻在他的墓碑上，为后人敬仰……

世上，纯真善良的爱，是全世界人民的共同财富。

2011.4.16

最美"人间四月天"

你是一树一树的花开，
是燕——在梁间呢喃，
你是爱，是暖
你是人间的四月天
……

新时代诗人林徽因的新诗《人间四月天》确实写出了人间博爱的亲情，而我认为四月美在哪里？美在清明，美在谷雨。清明时节霜雪已远去无踪，天地间豁然开朗，让人心情跟着明快起来。即便有些小雨打湿人的脸却更增添季节的迷人，增添人与自然的和谐气氛。当雨过天晴，天空就会变得从未有过的明净，树木庄稼也有精灵般的欣荣，让人感觉生活在诗情画意之中。

四月美在清明，美在祭祖的哀思，美在人间的温情，不忘记祖先才会珍惜眼前，珍惜眼前创造和美好的未来。人类就是新生的柳条，随便插在地上，就能长成一棵大树。这是生命力的承传，人和树都一样，这是生命的力量。

四月美在花开，也美在花落。桃花、杏花已经飘落，梨花却正当时。花落芬芳满地，花香香溢家园。前后左右都是花，花香溢满人的心底，笑意在脸上弥漫，谁说微笑不是花朵……

2011.4.30

骗子的"末日"

本月中旬传出台湾地区的××老师"预言"2011年5月11日将有14级地震，人类大毁灭的谣言破产，部分人要求追诉其法律责任的传闻。记得此类"几星连珠"、"地球毁灭"、"1999年7月世界末日将会来临"，什么"卡西尼撞地球，放射物质将毁灭全人类"之类的谣言搞得人心惶惶。尤其现在互联网时代，其谣言传播速度空前，对社会造成的危害不可小视。听说最近又传出"玛雅文明"说2012年12月22日世界将不再会有黎明……

对于诸如此类的世界末日之类的谣言历史上就没断过。只是我们中华文化的哲学观以道家天人合一为主流，其传播较少，信以为真的只有少数，造成负面影响较小罢了。

试想，这些骗子的谬说多么荒唐：地球都毁灭了，人类自然也就末日了，这些人却幻想自己活下来，不想想，你就不是人类的一分子吗？既然你能存活下来，当然也就不能算是人类毁灭！……仔细想想：各种末日预言的层出不穷，既是自然环境恶化的必然反映，也是人类对科技革命充满怀疑，对未来充满恐惧的内心表现。因此，既然有谣言，自然会有人信以为真，今后肯定还会如此。日本福岛8级地震及其海啸，不是常有的，即使发生了，不管在什么地方发生，人类的生活总是要向前发展的！2008年的汶川去了，2011年现代化的汶川展现在全世界的面前……

2011.5.30

感悟碎片

我这里说的"碎片",是"历史的碎片"。说它"碎片"或"残片",是因为它是历史的一部分,它是"正史",不是"野史"。虽然它小得不起眼,但它却是公认的事实。

一、"火烧赵家楼"事件的点火人

我国近代革命——新民主主义运动发端于五四运动,正是五四运动孕育了中国共产党。今年是中国共产党成立90周年,我们在纪念这个伟大日子的时候,目光自然瞄准"火烧赵家楼"事件:小学时历史课本上说是匡互生等人点火烧了赵家楼,实际还有一个叫"梅思平"的人,而且据说是第一个点火的青年学生,但后来没有把他写入教科书,后来我才知道,梅思平摇身变作汉奸,当了汪精卫的投敌策划人,而成了铁杆的正牌汉奸。至于他的主子——汪精卫,在刺杀摄政王后的丑陋表现早已是众所周知了。当然,历史上也有共产党的名人顾顺章之类后来变作不齿……

感悟:每个人都有两面性,人的一生都要不停地学习,改造,时时把握自己的理想、信念,而不被私念腐蚀,蜕变为另外一个人。

二、吴佩孚、段祺瑞好的一面

北洋军阀吴佩孚（洛阳人）为人信条是不贪财、不好色、不纳妾、不嫖娼，现今大量的事实证明，这个历史上名声不怎么好的人是言行一致的。由于他拒绝接受日本的投降诱惑条件，在接受日本牙医治病后猝死。更有段祺瑞，在著名的"三一八惨案"中，总理府卫队擅自开枪，致死伤多人，后来，由于鲁迅的《纪念刘和珍君》，此案在全国妇孺皆知。当时作为"一国之君"的总理段祺瑞在悼念大会上当众长跪不起，并立誓"终身素食"以赎罪，他的这个誓言一直坚持到生命的终结。病危时期，虽然医生再三劝他改变饮食，增加营养，但他忠于誓言，直到临终。

感悟：用马克思主义世界观看，世界上没有绝对的"好"，也无绝对的"坏"。虽然吴佩孚、段祺瑞在中国历史上留的是坏名，但实在地说，吴的"四不"信条，和段的"食素以赎罪"的誓言，现在的许多高官都做不到！军阀吴佩孚和段祺瑞在大业路上虽然"不齿"，但个人的这些品格却堪为"人尺"，不是吗？！

2011.6.3

月光笺

上周六同事到广汉校部（中国民航飞行学院），在当年老班长张雨生的家里，意外看到五十二年前在十四航校（中国民航大学前身）毕业时的照片——眼前的那个稚嫩的少年——我时，心潮起伏，不禁想起前些年偶然翻到保留的信笺，我真想重返半个世纪以前那美好的岁月。无奈人生只是条单行道，只能借助信笺与那个十七岁的我说上几句话了——

决定写信给你，在有着这样好的月色的夜晚。但，应该选择怎样的词句与文字？我们之间的情感"含蓄又隐秘"，还有着不能言说的幽思。

今夜，借月光为笺。

用河流剪裁，以山岳分段，一座又一座城市，便是断句了。

我没有才思，有的仅是情谊。

不能封缄，无法投递，我的坦白与真诚，全然摊展，不再蔽掩。

迟眠的人都看到，似缎光华，如霜美丽。

美丽啊，青春，
美丽啊，少年！

2011.6.21

日本国的"大"与"小"
——抗战胜利六十六周年随谈

日本的国土面积为36万平方公里，在东亚太平洋国家中也许并不算"小"，但与大陆和世界上许多国家相比，这不能说"大"。中国古代称日本为"倭国"或"扶桑"，也可能含有身材矮小之意，但也绝非有国土面积大小的概念。14世纪由于我国渔民常遭到日本海盗的袭击，后来戚继光为剿灭日本海盗，成就卓著，成为流芳后代的名将。20世纪90年代我在广东办案，曾到过汕头朝阳的海滨公园里看到气势磅礴的戚继光雕像。历史上，我国与日本有上千年友好交往的历史，尤其唐朝时从日本来中国长安体验、留学、做生意的人一度有数万之众。我国也有"鉴真东渡"的美谈。在交往中，文明发达的中国文化，具体为文字、建筑和先进的农业、轻工技术都为日本后来的发展起了很大的作用。

一百多年前，日本经过明治维新后逐渐强盛。甲午海战后和中国相比，日本的国力优势地位已经确立，随之和西方殖民主义发达国家一起发起了对"老恩师"中国的侵略和掠夺。从这时起，日本的掌权者和帝国主义分子便自命不凡，把日本加上了一个"大"字。这也许并不奇怪，因为自古"强盛"和"大"，"贫弱"和"小"都是密不可分的，正所谓"强大"

和"弱小"。

到了20世纪三四十年代，日本对中国大举侵略后，那些侵略成性的好战分子，便不顾国土面积只相当于中国十分之一的事实，自称其"大日本帝国"、"大日本皇军"，七七事变后，中国奋起义士为表现其同仇敌忾的抗日决心，团结国人的斗志，便针锋相对地、无比轻蔑地称其为"小日本"。

从地理上说，中国和日本的大小不容置疑，中国从这个时候称"小日本"是针对日本人自称"大日本"的，这是日本激起中国对日本的民族仇恨的必然；中华民族的国家当时有五亿人口，面积约千万平方公里，虽没有说"大"，她自然是"大"，日本尽管自己说"大"，实际是东瀛小国，和中国比小得不起眼！

现在，中华人民共和国和日本国渐渐淡化"大小"之说，尤其中国经济总量超过日本之后，全世界都承认中国"大"，对日本没有人再说"大"与"小"。和中国相比，日本永远都不可能"大"，这是不争的事实，对吧！

2011.8.2

"刑辩"之"辩"

从我国律师制度的发展历史来看，中国律师制度的诞生，似乎带有某种偶然性。因为在中国实际上没有律师制度的传统文化基础，所以导致现实中很多人对律师这个"职业"缺乏起码的认知。很多人认为，"站在被告席上的人都是坏人，所以为被告辩护的人就是为坏人说话。"

其实，他们哪里知道，辩护律师在为那些被告席上所谓"坏人"辩护时，不是在为其"坏"而辩护，而是在为其"人"而辩护。要知道，这决不是一个制度的设计，而是一种"人权"的保护。因为所有人都有可能成为潜在的犯罪嫌疑人，当犯罪嫌疑人面对强大国家机器时，就需要法律专业人士为自己提供法律服务，以抗衡公权力可能"滥用"。再说，作为一个现代民主国家，按照无罪推定的原则，任何一个犯罪嫌疑人在法院的最终的判决之前，都应该是推定无罪。所以那个时候的"坏人"，还不能确定为"坏人"。况且，"坏人"并不是一个法律概念，而只是一个道德概念。所以，辩护的本身是为了法律的正确实施，是为了社会的公平正义。愿以前我为其刑事辩护的"人"，都能明白我以上所说的话，不管是已"行刑"或者变成好人的都一路走好。

如果哪一天在刑事案件中真的出现了"律师"的集体缺席，那就意味着每个公民权益都处在危险之中。这样的场景和后果让人不寒而栗！

2011.8.18

幸福是什么？如何才能幸福

这个问题很难回答。因为它是人类长久以来共同追求的大命题。不同历史时期、不同人种、不同国家、不同阶级的不同人群有各自不同观点理解和对幸福的不同感受。

现阶段对中国绝大多数人来说，较普遍的看法是：贫穷无法幸福；然而认为有足够多的金钱便能得到幸福的观点是南辕北辙。中国人需要多少钱才能幸福，这已是一个十足的伪命题，令人欣慰的是对如何才能幸福的思考，大多数人以他们各自的努力去破除金钱万能留下的种种弊端，他们不再视"金钱第一"为准则，而是把它还原成觅得幸福的众多途径之一。

我的观点是：幸福不在于财富的多少，而在于财富的拥有者能否自觉节制欲望，不把过多注意力浪费在金钱上。

香港富豪李嘉诚说，他认为最幸福的事是：老两口开一家小店，打烊后在灯下一起数钱。而托尔斯泰则认为"欲望越小，人生就越幸福"。这些物质或精神富有的人，总能为我们指出人生真正的幸福之道。而今，需要一种健康合理的财富观，只要社会各阶层的人不断努力，从而以寸进之功，破除积重之弊。

2011.8.23

柿树与我

秋日阳光下，街上一团耀眼的鲜红"刺"着我的眼。走上前去，那是柿子——水光透亮、沉甸甸的"中国红"。我饶有兴趣地买了些，回家便吃了起来，啊，它是那么柔情似水，清亮甘甜……

对柿子我并不陌生，因为我的故乡，可以说也是柿子的故乡。我家门外面，西边，南边，东边，全是一排排足有百年以上树龄的各种柿树，柿树的形象就是我家乡的标志。童年的我，春日在落满白色柿花的场地上玩耍，柿花的清香包围着我；夏日在浓密的树荫下睡午觉；秋日从满地红叶往上一望，啊，红果累累……邻里之间，对柿子都是无偿赠送与索取。我小时可没少吃柿子，然而我家却无一株柿树。土改后，大哥带着二哥和我在我家地边上栽了不少柿树，可是没等柿树长大，我便离开了故乡。

青年时，我再回到家乡，仍然爬上我小时候爬过的南地大柿树，不过在上边不再吹笛子，而是拉起了小提琴……同时我又吃到了树上结的柿子。

又是三十年过去了，除三门峡的二哥外，那时比我大的人都已过世。如今我也将七十了，我此时也很想知道，我种的柿树上的柿子味道到底如何？！有那么甜吗？

2011.11.1

永远的"凡尔丁"

　　记得大概是1964年——我国原子弹爆炸的那年，我和同人们在新津航校一分院机务大队西北角的那间大房（至今还在，已是学校重要档案陈列室）住。一个星期天，山东籍的大个子仪表员李瑞宝在新津城的百货店里买了一件让人吃惊的灰色大衣：大衣领大而飘逸，还有帽子呢。像是斜纹布，衣料不仅好看，而且又薄又轻。李把它穿在身上，在室外一走，立刻引起轰动。当着大家的面儿，他把水倒在衣服上，顺手一抖，水就没了。大家纷纷寻问，李说："这叫塑料衣布，完全不透水，是最新的科技产品。"问起价格才知道50多元。虽然不便宜，但不算太贵。

　　大家都是年轻人，穿上这样的衣服，没有见过的新产品，实在有一种荣耀感。于是当天就有大批人拥向新津城。我同宿舍就有四个人都买了。可是没过多久，发现上当了。因为这种衣服不透气，穿久了很难受。

　　但是新科技产品，并非都像塑料内衣，也有经得住时间考验的。这里，我说的是那时的新产品——有个好听的名字——凡尔丁，可能是外国名，实际上是化纤布的名字。它是纺织品，细腻，不打折，更重要的是结实。据说比涤卡还耐磨，而且色彩鲜艳。

我说它能被大众长期接受，不仅是我的感受，而且是我的实践。不知你是否相信，我今天穿的这条咖啡色长裤就是那时的产品。这条裤子已经有四十四年了，它比我女儿还大呢。这条裤子是凡尔丁做的，原本是我夫人刘玉瑶在1968年做成并穿过的。我第一次看到她穿这条长裤是在十四院的机场边上，我用自行车搭她回新津。那时我们新婚不久，而且她刚怀孕，是我一生中最幸福的时刻之一，所以那天的情景便长久地印在我的脑海：绿绿的草地她玉立在那儿，还是那条宽脚咖啡色的裤子，显得格外美丽。她告诉我，"它是凡尔丁——最新的面料。"因为略长，她当年穿了几次，便没有再穿。时光荏苒，三十年后，我到成都工作，无意中翻到她的凡尔丁，她说不再穿了，但我还是把凡尔丁带到成都。几年后，当着夫人的面，我把它穿上。"哈，长短大小正合适。"后来我就请人将这条女裤改为男裤，我经常穿，而且还把它作为样裤，做了几条同样长短大小的裤子。几条裤子都穿得不能再穿，但这条凡尔丁照样完好。每年的各种季节都在穿。现在虽然掉了些颜色，但仍然完好，是我的常值班裤子。如今四十四年了，我说给女儿朱玫听，她也惊奇："爸，你也太节约了吧。"我说："你不懂，它是我永远的凡尔丁呀。"

2012.3.7

郭安娜的"中国情"

　　他们身隔两地，一个在东京，一个在冈山，千山万水，割不断一个"情"字。最多的时候，每周五次信。1916年年底，这个日本的妙龄女子，终于做出一个惊世骇俗的决定：她要和这个在中国有家室的男子同居。可以想象，她的这个决定遭到家人的强烈反对。她遭受了她的名望家族最严厉的处罚——破门处分，被永远地逐出了家门。走出家门的那一刻，她依然高昂着头，为她所爱的那个男人绽放着笑容。有你的爱，纵然背叛这个世界，那又如何！？

　　那个中国男人用自己的姓，给她这个曾叫佐藤富子的日本女孩起了一个中国名字"郭安娜"。她接受了这个名字，并激动地说："我的心，我的灵魂，已入了'中国籍'。"自此，她一直沿用这个名字，终生未改。从1917年到1937年，抗日战争爆发，他和她相濡以沫。从日本到中国，又从中国到日本，他们颠沛流离，度过了艰难的二十年，并育有五个子女。在日本，她遭到了日本政府和军方的不公正待遇。她忍辱负重，独自挑起生活的重担，种稻，种菜，打工，做小生意，替人洗衣，把儿女培养成人、成才。

　　1948年，在经历长达十一年的分离之后，她历经千辛万苦来到中国找自己心爱的人，然而此时已是物是人非。她爱的那个中国男人已经再次结婚（和郭德洁女士）。她不言语，流着泪，选择默默离开。人们都说爱是自私的，但这个日本女人选择宽恕，不仇恨，不抱怨。她说："爱过就好了。"1994年，101岁的她在上海病逝，安详淡定，脸上仍然放着一束芬芳的樱花。"爱到陌路心有君"，她的枕边，有一扎整整齐齐的八十年前的信件。她对爱的言行只有两个字："付出。"这是世界上最纯、最真的爱。

2012.3.7

无言的电话

　　一个朋友对我说，一次在好友家里做客，吃过饭，天已大黑，快十点了，仍然聊兴很高。忽然朋友拨了一串电话号码，不久，传来电话接通的嘀嘀声，但仍不见拨号者通话。这样静默了四五分钟，电话的那端也是静悄悄的。令人诧异的是，拨打者却一种快意神往的样子，她把电话放下："很奇怪吧？"她进而解释说，"我的母亲是个聋哑人。"我奇怪地问："那她怎么接听电话呢？"打电话者说："我母亲的电话在床头柜上，她每晚都在这个时候睡，而且侧着睡，是为了看电话机上的'来电显示'，其实那电话只是我和弟弟打，因为母亲什么也听不见，看见了来电显示，就知道是我和弟弟。在接听中，虽然没说什么，可我知道，那一刻我们和母亲的心离得很近。有时夜里我们打电话就是想知道母亲有没有睡，如果睡了，就没有人接电话了……"我的心中忽然涌起一种很深很深的感动，一下子想起了我远方的母亲：我很久没有给她打电话了。朋友无声电话的事就像一枚落入我心中的石子，激起我沉积已久的深情。

　　朋友接通电话后那一刻的无言，实在胜过千言万语。它让我看到亲情的另一种美丽，却又直指人心。这种美丽的深情，就是我们眷恋着的一切。

　　朋友的话我记完了。我也被无声的亲情大为感动。尽管我母亲过世都几十年了，但在我心中永远都是昨天，好在今年我决心退休，要不了许多时日，我会飞回河南，跪在我母亲坟前，也像朋友那样，打那"无言的电话"的。

2012.3.10

"父辈"的礼物

一个名人说："（今天）天下父母留给孩子的大爱是什么？最贵重的礼物是什么？"

他接着说："不是房产、门第、存折、股权、相册，而是苍天、净水、江河、森林、矿产（可能还有先辈留下的文物），还有健康的制度、法律、美德所扶正的社会。"

是的！我们这一代（第一代红领巾）从毛泽东、邓小平他们这一代手中接收了沉甸甸的一份大礼；我们也以他们为榜样尽了自己的努力；但我觉得还不够，我们应更加明晰地用一种大视野大逻辑，用"家园"代替"家庭"，用"国家"代替"家族"，让"爱"在天下父母和天下孩子之间重新铺开！天下父母应该以大爱的名义、决心、共识和紧迫感为天下孩子执一份共同理念，尽一项集体义务，即：建造一个物质丰富、公正自由、安全有序的时代，一个和谐安定、良性循环的社会。为之计长远，才是怀揣真爱的父母，留下一个可持续发展的世界，才能让后代称我们为"光荣的父辈"！

2012.3.13

中国法制的困惑

荆州人非法租赁欠报案从去年终审判决胜诉后到荆州申请执行，到现在又是一年过去了，荆州方无任何正当理由，拒不执行，我的当事人至今仍未受到实质上的公正，我很无奈。我曾多次大声疾呼："这是中国法制的悲哀！"但仍无济于事。

我国1999年通过的《宪法修正案》把"依法治国、建设社会主义法治国家"写入宪法，法制成为中国社会的共识，成为各阶层的共同理想和迫切追求。然而，法制理想和法制的现状之间的距离何其漫长！20世纪80年代，从我投身法制工作以来，始终在坎坷与荆棘中艰难前进，当我们在为已取得的成就而欢呼的时候，也无法回避，法律现状给我们带来的痛苦与烦恼：现实中民众对法律寄予厚望，而法律现状难以满足人们的期待；现在仍存在的一些"有法不依、执法不严、违法不究、权大于法、人大于法、以言代法、以权废法"的事情和现象激发了社会的不满，也使民众痛心"法律无用，正义难寻"，甚至引起法制在中国能否行得通的疑虑！

诚然，法律的存在即意味着出现对法律的违犯。就处于社会转型时期的我国而言，法制之路艰难可想而知。因为法制是一种秩序，转型是一种动态的变化。转型中的经济的持续增长，社会理念的激变，各阶层利益矛盾的激化，各种利益诉求纷繁交杂，必然导致各种实际问题对法制带来的巨大挑战。实际上法制制度的形式建立，法律条文的颁布并不复杂，复杂的是这一切都要人去落实，人的思想决定一切，这才是中国法律面临的关键！对此，我们虽然有所认识，但对困难的准备仍然不足，对于中国这一社会现实的背景，我上次已有所得，可能是几千年或上百年才能彻底解决的问题。但不管怎么说，建设法制是社会主义大国的必要条件，而我们律师的责任就是理想与现实的"桥梁"呀！

2012.3.24，成都东森所

"故乡啊故乡，何时能回到你怀中？"

——人民公园侧记

昨天是星期天，艳阳高照，是人民公园（少城公园）创建101周年纪念日，我到了人民公园。"小树林艺术团"（退休老人组成的业余艺术团）再次引起我的注意。使我感兴趣的是他们的乐队：两把小号、一个拉管、两个大号，还有一个贝斯及两个长笛，从配置看，中音弱（我曾和他们交谈过，以前曾想以拉管加入他们的乐园，因我没乐器而作罢，他们曾是成都东郊某大型圆管工厂的业余宣传队）。几组"管乐组曲"之后，开始了女高音的演唱，"花儿……尽情开放……"这是3／4的圆舞曲，广场上有的人随歌起舞。就在我准备离开之时，主持人大声说："观众朋友们，下边请广田尤二演唱《北国之春》。"立刻响起掌声，"广田尤二是我们小树林艺术团的特邀嘉宾，大家知道，广田是日本移民，他的父母亡在中国，他两岁时被我们川军抗日将领所收养，这次专程由江苏东川……"主持人的话未完，一个戴眼镜、个子不高的老人抢着说："40年代那次可恶的侵华战争，不仅给中国人民带来无数灾难，同时又夺走了我的父母……"广田尤二沉浸在悲痛之中……稍后，他接着说："我感谢中国人民，我忘不了小时候养父给我的温暖，我早就是中国人了，我也是四川人，虽然我是大和民族的后代，我的故乡在北海道……"这时掌声又响起来，他继续道，"现在中国的春天来了，我们四川的春天早就到了，今天，我把《北国之春》献给我的故乡。"（我注意到他的身后"洁白樱花"在盛开）人群之中再次响起热烈的掌声。"……故乡啊，故乡，何时回到你怀中？……"深情的、浑厚的男中音在中国四川成都的人民公园飘荡……我们知道，人民公园是川军抗日上前线的出发地，那儿有抗日将士的纪念碑。此时此刻，我不禁心头一热，忽然间，潸然泪下……我们常说：艺术无国界，只因为"真善"才是最动人的。

我也想起我已有21年没有回我的故乡河南渑池千秋义马看看了。那里是我生长的地方，那里有我父母的遗骨，那里有我小时的欢乐。是啊，故乡啊故乡，我真想马上能回到您怀中。因此，我决定下月回河南。

2012.3.25

春天的红叶

今天是4月12日，清晨锦江河畔风云突变，大风狂卷。正通顺街上落叶随风飘动，一片红叶来到我面前，我便顺手捡来——正值春天，红叶出现在属南方的成都虽是常有的现象，但我们大多数人通常不在意，都只为"红花绿叶"所陶醉。这红叶是黄桷树之叶，黄桷树乃常绿之树，但它仍要新旧更迭。此叶大概是去年10月长出，在漫长的冬季在银杏、梧桐、冷杉等高大乔木退出绿装之后，就由黄桷树、桂树等担负起绿色使命，给了我们城市级之欣慰。现在又是满天春绿了，而它却悄然落地！我不禁想道：我们人不也是如此么？既然当初当了绿叶，受到爱戴，当然有一天免不了红叶落地，大自然的规律，谁都逆转不了！对于我的这一天，我是有思想准备的。不是么，我的河南的二哥——在三门峡黄河工程局医院的二哥（今晨电话，二哥心脏病住了医院，愿他早日康复），尽管我寄满保重的祝福，但我们离红叶的日子已经不远了。

2012.4.12 中午

爱的哲学

笑对得失是一种经营，
笑对名利是一种淡定，
笑对苦难是一种勇气，
笑对坎坷是一种宽容，
笑对未来是一种进取，
笑对生活是一种智慧，
笑对敌人是一种轻蔑，
笑对朋友是一种念心。

2012.5.24

最后的红玉兰

初秋，一束紫红色的玉兰花亭立在府河岸的花丛中，格外耀眼。她是春夏最后一朵玉兰花？还是秋日新花？我们不清楚。但她是新花是有活力、有生命的，她是新生活的希望，她是人间美好的表现。

晚年的我行走在她的身边似乎并不陌生。二十七年前，我曾写过一篇小说《最后的红玉兰》发表在当时四川很有影响的文学刊物《青年作家》上。那篇小说在发表时编辑把它改名叫《他去了》，我不太满意，问她为何改名？她说不清。我则认为她是个"保守派"，根本把握不住我国民主生活的现代情势，似懂非懂地把我那篇小说弄得不伦不类。

现今，我晚年的生活似乎真的到了我三十年前设想的那个场景，这我真没想到。不过我不是小说的主人公，小说主人公那个老革命正在扬扬得意的时候，亲生女儿找来，把他赶上了绝路，上吊自杀在江边的葡萄架下。那个老革命的生命实际是被他们那一代苦心经营的革命道德原则毁掉的，这正是我这篇小说的主题，可惜编辑不了解，她们只看到现象没有认识到本质，小说主人公不知道，他既是革命的一分子，更是现实生活中的一个人，作为人必然有他"人"的共性，他不可能时刻都是机器形式。因此，当他的亲生女儿站在他面前，尽管那不是他的过错，但他碍于道德伦理，只好选择离去，因为他也无权指责他的女儿，这是她女儿应有的基本人权，对她是怎么来到这个世界的秘密她有权知道。

2012.8.18

五里香——记忆深处的花

小时候家里穷，家中无花，在外边也很少看到名贵的观赏性花，对花的印象不深。参加工作到四川成都后，我们单位为迎接新中国成立十周年大庆，要美化校舍环境，领导曾大张旗鼓地组织栽花运动；常见的名花院落中都已有了，独缺高大的、有价值的"镇院之宝"，于是有人建议移来一株黄桷兰树站在花坛中心。这棵黄桷兰，那真是不简单：干有碗口粗细，花开如玉，幽香扑鼻，在五里之外都能闻到，因此又名"五里香"，这花还特受女同志的青睐，摘一朵戴在身上，一股浓香随身飘荡，因此也有"女人花"之说。怎么才能弄来传说中的"五里香"呢？

我们大队政委贾换季少校，是个"三八"式老干部，他说："老办法！发动群众。"一天晚饭后，贾政委笑着对我说："小胖子，你过来。"我不解地走到他面前望着他，他说："走，跟我一起出去耍耍。"等了两分钟，三中队修理所一个家在附近叫张富贵的老同志走了过来，"贾政委，那就走吧！"看来是要办什么事。贾政委对张富贵说："在部队有警卫员，今天就让小朱跟着我。小朱是我们机务大队年龄最小的，今年才十七岁。咳，十七年前就是1942年，那时我已是代理排长，那年秋天，我们正打清风店战役呢……""时光真快，你看1942年生的人——朱金鹤都成大人了。"我们边说边走，不知不觉出了校门，向牧马山下的一个村庄走去。原来这个张富贵已和这个十里之外的老乡（农民）联系好了，这天去看树。我们走进一个深宅大院，张对贾政委说："新中国成立前这儿曾是一个国民党师长的家，如今这里住着五家贫下中农。"正说着走来一个五十多岁的妇女，"你们来啦，看看吧，这就是我们家的黄桷兰。"我顺着她的手指望去，那棵高大的黄桷兰树枝繁叶茂，它的绿荫足足有两间屋子的面积，"这五里香真不虚此名！"我心中赞叹道。贾政委大喜，笑着打招呼："大妹子，你们是怎么想的？"张富贵说："这就是我们的贾政委，这可是当年打日本鬼子的战斗英雄哟。""只要部队需要，我们还求之不得呢。再说慰问解放军，这是我们老百姓应该的，要不是解放军，我们贫下中农也住不到这儿！"贾政委说："迎接新中国成立十周年，我们那儿还有外国人要来，需要美化环境，我们真有点儿夺人之爱了哟！""我们都知道，我们大力支持。""那我们明天就派人来挖，但是说明一点：不拿群众一针一线，这是我们的纪律，大妹子你看多少钱？""和解放军我们不说钱，这是应该的。"女主人很客气地说。

"我身上只带了三十块钱，你看，你要是不同意，就不接钱。"贾政委说着把崭新的三张大拾元取了出来。贾政委真会办事，他说"不接钱，就是不同意把树给解放军"，那女同志当然只有高兴地收下了。三十元，那时可是一笔不小的数，一个干部的月工资啊。

女主人收了钱，又说道："政委同志，我明天还要给咱们部队上的同志讲讲移栽黄桷兰，如何保证能活。"她的主意提醒了我们，"这可是大事呀！"

第二天，机务三中队派人去挖五里香，二中队在大院挖树坑，我们一中队白天要保证飞行，晚上下班后负责把五里香运回来，回来的路上贾政委把任务布置给我们，他说："这三中队、二中队是阵地战，一中队运树才是攻坚战。"我似乎看到贾政委当年指挥打仗的风采。

第二天，我们一中队晚饭后带着绳子、棒子，带着冷气瓶（有二百斤重），抬着飞机上用的蓄电瓶准备夜间照亮，五十多人浩浩荡荡出发了。中队长李曙光专门对我说："朱金鹤，你和贾政委一起去过，除了带路，我还要交给你个任务，你把黄桷兰树原来生长的方位给我记清了，就是树原来的东、南、西、北方向，不许错！"我坚定地回答："是！"队长又说："听介绍说，这树娇，脾气大，如果栽得方向不对，它就不活！"

"五里香简直就是新娘子，真不好请呀。"不知谁补充了一句，大家都笑了。

前拉、后抬，我们一队人千辛万苦到晚上十点钟才把"新娘子"五里香请到大院。在我上厕所时，他们便迫不及待地把大树放进了坑里，我一回来，这还了得。我喊了一声："等等，我要先对树的生长方位。"便急忙跑进坑里，进行仔细查对。这时我师傅杨祥生打趣："咦！这小朱怎么成了'阴阳先生'了？！"大家哈哈大笑。大树矗立起来，边浇水，边培土，等五里香站稳，我们都筋疲力尽，看看表，已是晚上十二点了。

一星期之后，五里香只落了一半的叶子，之后仍然是原先的风采，从此，它成了我们机务队大院的"女"主人。

第二年果然花繁叶茂，满院飘香，调离部队的同志还站在面前向"她"告别！五里香，花的温馨，友情谊长……

那年我十七，今年我七十，五十三年过去了，这是青春岁月里我心底的花香。

2012.9.10

王建墓与乐舞大全

就在20世纪40年代，我来到人世间的那天，成都为防日寇轰炸挖地道时，发现四川第二蜀王（第一为刘备）王建规模宏大的墓葬。大文豪郭沫若说："如果不是在战争年代，这一发现非震惊世界不可！"

可喜的是王建石棺周边有石刻的那个年代的24乐舞图，为我讲述和表演了中国古代的乐舞歌伎大全。

王建是兔年生，又是在六十岁时当了蜀国的皇帝。梁、唐、晋、汉、周为朱温灭唐后中央政权迅速变更的六十年，史称"五代"，同时周边各自独立成为"十国"，蜀国在王建统一下凭借大好的自然条件，成为蜀地第二个大发展时期，全国各地的乐舞十分繁荣，人们为纪念他，在他的墓周围石刻当时乐舞的状况。这也是中国对乐舞的大纪念，为我们今天的乐舞提供了实物佐证。因此，我们今天喜欢音乐歌舞的人都应到永陵公园看看。

2013.2.19

夏日的蝉声

为关心"城市的农村——曹家巷的消失",午间我到府河边走了一趟。刚到岸边,树上的知了声:"想呀,热呀"——此起彼伏的大声响着。晨练时我每天都到河边,可没听到它的声音呀!

这声音使我不由自主地回到了五十五年前我少年时的情景……我们那时很穷,应对夏日酷暑的方式,只有自然纳凉:吃在屋外,睡在屋外,幼年起夏日的知了声,不断地聒噪着我的耳膜,久而久之,这知了声声的颤音,就成了我夏日的天籁之音!……我还睡在我们家门口的讲话台上、洋槐树下、高粱秆草席上,只有我自己……我妈呢?二哥他们干什么去了?……

长大到了大城市,到了机关办公楼,听不到蝉声了,年轻时也不觉少了什么,可是等我老了,退休了,这次偶尔又听到了它,于是自然我又回到童年……唉,那时的大人都没有了,如今只有我和二哥,可是我们相距千里……虽然见面不方便,我们都已经是七十多岁的老人,可是手机通话还是办得到的……

2013.7.25

打碗花

牵牛花——乃一年生草本植物，缠绕茎，花开为白色或微红，花儿像个大喇叭，因此俗称"喇叭花"。小时候我很喜欢此花，当我想采摘时，妈妈告诉我："那是'打碗花'，要是摘下此花，会把吃饭的碗打破的！"我听了妈妈的话，没有动过它。长大之后，每看到此花，我就想起母亲的话。后来无论在全国的哪个地方一看到此花就想起儿时妈妈给我讲的话。

我不明白，为何母亲叫我别动此花？摘了它真的会把碗打破吗？！……

小时候，家里穷。穷人家孩子如果不小心打破了家里的碗是个不小的错。为了不犯错，我对此花失去了兴趣。长大后虽然懂得了不会真因它而打破"饭碗"，但我对它仍敬而远之。因为它始终带着妈妈的劝导："打碗花不能要！"

2014.6.13

"提灯笼的蚊子"

——回忆启蒙老师杜铭心

大概1949年，我刚上学时，我们的老师姓杜，是我们村大姓杜家的人。我在初小时先后有两个杜老师教过我。先是小杜，叫杜铭心，和我大哥年纪差不多。我们张村是个穷村，农忙时能坚持"上学"的人很少。不少时候，小学校就只有两个学生，一个是邻村的"李保"，再一个就是我。因为学生少，大部分时间杜老师不讲"课文"（新中国成立后的新书），只给讲"故事"。而恰恰这些故事永久地影响着我，善良与智慧的"火种"在我幼小的心灵里燃烧，指示未来，已经六十年了。那缠绵悱恻的"白蛇传"的第一印象（没想到三十多年后我真的到了这位蛇仙的家——四川峨眉山的白龙洞，拜谒了她），那风趣幽默的"提灯笼的蚊子"，仍然清晰地留在我的记忆里。举例如下：

一、"提灯笼的蚊子"

有一天，兄弟俩在睡觉……

弟说："今晚蚊子好多呀……"

哥说："你把灯吹灭，蚊子就找不到我们了。"

弟弟赶忙把灯吹灭了。

不一会儿，一个萤火虫飞了进来，弟弟紧张地说："这回惨了，蚊子提着灯笼来了，怎么办？"

我和李保哈哈大笑。杜老师那神情仿佛就是那无奈的傻弟弟。

二、"翻到死"

杜老师说，"认字不能只认半边白字。有的字认半边，有的字不能认半边。"他用粉笔在黑板上写了一个很大的"潘"字，他说，这个"潘"是姓，接着，杜老师又在"潘"字的下方写：

潘根科（男主人）

池氏（主人妻）

潘良慈（儿子）

潘道时（女儿）

一家人。

说过去有姓"潘"的一家，要祭祀先人，找了一个"司仪"，是"半边字"先生。祭祀开始，要大声一一唱名，然后走到祭坛前礼拜。那先生大声吟诵："男主人，孝男翻跟斗——"姓潘的老汉诧异，纪念先人没有听说要翻跟斗的呀？！但既然先生要叫"翻"，只得翻，也许规矩改了。老头儿真的翻了一个跟斗。接着："孝媳——也是。"那妇人想，我男人都翻了，也让我和男人一样，接着，也翻了一个跟斗。

"孝孙儿——翻两次。"

那家儿子，很麻利地翻了两个跟斗。

回头看着他妹儿，"看你翻不翻？"

"孝孙女儿——翻——到——死。"

啊？！一家人都傻了眼。杜老师一本正经，唱出最小的孙女儿时，我和李保都笑得趴在桌子上，李保的头还撞了一个包……

三、箭箭不离屁股眼儿

说以前有个小偷，专偷人家地里的棉花。这一天，他准备偷另外一个村子的棉花。他一打听，说那家人会射箭，专门看棉花地。小偷想，还是防着点儿，以防万一。他把犁地的铁犁面绑在他的屁股上，想逃跑时——就是挨了箭，也射不到屁眼儿里。尽管害怕，但因为有犁面壮胆，他还是去了。他听到有声响，转身就跑，听到自己身后的犁面"当当"直响，其实那是棉花苞蕾的打击声。那小偷心里慌，越跑越快，犁面儿当当声越来越大。"哎哟，还真是箭箭不离屁股眼儿呢……"

童年时，杜铭心老师的这些故事，永远地镌刻在我的脑海里。杜老师后来当了千秋乡完全小学的校长，20世纪50年代千秋完小是渑池东半县的优秀学校。而我是他一生的骄傲！

2015.5.21